L'APPARITION

DIDIER VAN CAUWELAERT

L'Apparition

ROMAN

ALBIN MICHEL

Quand il est entré, je me suis dit que c'était une erreur. Son nom figurait en tête des rendez-vous de l'après-midi, le rond dans un carré signifiait qu'il venait pour la première fois, les initiales MGR griffonnées entre parenthèses par ma secrétaire m'informaient qu'a priori il souffrait de myopie, glaucome et rétinite, mais j'avais devant moi un petit vieux en soutane sous une pèlerine rouge et j'en ai conclu que MGR devait être plutôt l'abréviation de Monseigneur.

Je me suis levée, attendant qu'il me reconnaisse, qu'il pousse un cri d'horreur et qu'il s'enfuie. Je ne sais quelle ironie du sort, quelle recommandation de confrère maladroit ou quelle arrière-pensée avaient amené un cardinal à se glisser parmi mes patients, moi qui bouffe du curé à longueur d'antenne, mais je n'ai pas de temps à perdre en controverse pendant mes heures de consultation. S'il est venu pour autre chose que ses yeux, je le vire.

Il referme la porte avec une simplicité appuyée, serre les doigts sur sa canne et s'avance vers moi dans un frottement de soie. J'attends qu'il me donne son anneau à baiser, pour le plaisir de l'envoyer paître, mais il se contente de joindre les mains sur la poignée de son attaché-case tout en s'inclinant du bout des paupières.

— Cardinal Damiano Fabiani. Rasseyez-vous, docteur, je vous en prie : je suis venu incognito.

— Je vois ça.

Un léger sourire détend son visage. Sa peau est d'une pâleur cendrée tirant sur le jaune aux pliures, comme un journal oublié au soleil sur la plage arrière d'une voiture.

— Sans me conformer au protocole, voulais-je dire.

Une dureté froide émane de lui, sous l'accent velouté qu'il entretient à la manière d'un patron de pizzeria. Avec sa grosse tête ridée sur son petit corps flottant, il me fait penser à ces portraits-robots d'extraterrestres qui circulent sur Internet.

— Si j'avais respecté la procédure normale, reprend-il en accrochant sa canne au dossier d'un fauteuil, pour me rappeler sans doute que je ne l'ai pas encore invité à s'asseoir, je vous aurais convoquée à l'ambassade du Saint-Siège — mais seriez-vous venue ? Je connais votre réputation, vos prises de position anticléricales et votre emploi du temps. Lorsque mes services ont contacté votre secrétaire pour vous inviter à déjeuner, elle a répondu que vous ne déjeuniez pas, que vous opériez le matin et consultiez l'après-midi, mais qu'il n'y avait pas de rendez-vous disponible avant deux mois sauf, en cas d'urgence, ce mardi à treize heures quarante-cinq.

— Et c'est une urgence ?

— Oui.

Je le regarde s'asseoir en face de moi avec une raideur lente, sans me quitter des yeux. Apparemment il sait que j'ai contribué à démystifier le dernier miracle de Lourdes, et j'ai du mal à m'expliquer son air courtois. Il a posé son attaché-case, rabattu les pans de sa pèlerine et j'ai pris mon crayon.

— De quoi souffrez-vous ?

— Moi ? De rien, je vous remercie. A part une arthrose à la hanche droite.

— ... qui ne nécessite pas vraiment une consultation en ophtalmologie.

— Nous sommes d'accord.

Un silence s'installe. Il me dévisage tandis que je soutiens son regard avec une furieuse envie de cligner des yeux. J'ai sculpté six cornées au laser, ce matin, et j'avais passé une nuit épouvantable entre les cris du bébé qui fait ses dents chez le voisin et les cauchemars issus de ma séance de web. J'étais en train de chatter sur ICQ, après dîner, avec des confrères japonais, lorsqu'un intrus est venu se glisser sur le site en m'appelant par mon prénom. Il s'est mis à débiter des sucreries de dragueur en majuscules, le comble de la grossièreté sur le Net où ça signifie qu'on crie. D'habitude, les *ops* qui surveillent le forum d'ophtalmologie s'empressent de kicker ce genre d'échappé des sites roses, mais aucun de mes interlocuteurs ne semblait remarquer sa présence. *Tu vas bientôt me connaître, jolie Nathalie, et je m'en réjouis.* Je lui ai répondu en capitales d'aller se brancher ailleurs. J'ai vu s'inscrire : *Va te coucher à présent, petite lumière de ma nuit, tu es fatiguée et demain est une journée importante pour nous.* Sa marguerite ICQ, au lieu d'être verte comme lorsqu'on est en ligne, clignotait du jaune au rouge, signalant un défaut de liaison ou un problème dans mon modem. J'ai préféré prendre congé de mes correspondants japonais, et le squatteur s'est glissé au milieu de la phrase que je formais sur l'écran : *Fais de beaux rêves, Nathalie Krentz, je serai bientôt à tes côtés.* Je n'ai presque pas fermé l'œil.

— En fait, c'est moins à la praticienne que je m'adresse qu'à la spécialiste.

Je sursaute. L'Italien lisse du bout des ongles sa

9

calotte rouge, puis joint ses phalanges pour maîtriser un tremblement.

— C'est-à-dire ?

— Je viens solliciter de votre part une expertise d'un genre un peu particulier, docteur. Fondée tout autant sur vos compétences unanimement reconnues que sur votre scepticisme, que certains se sont plu à qualifier d'aveugle. Mais je préfère parler d'objectivité, ce qui, en l'occurrence, est la qualité pour laquelle je vous ai choisie.

Je rebrousse sa phrase dans ma tête pour essayer de comprendre où il veut en venir, de méandres en circonvolutions, de flagorneries en remontrances. J'ai déjà rencontré un cardinal, dans un talk-show sur les guérisons inexpliquées, mais il était en civil, du genre libéral onctueux qui s'offusque au premier blasphème, et je n'en avais fait qu'une bouchée. Celui-ci est visiblement d'une autre trempe. Il paraît me connaître, savoir que je ne suis vulnérable ni aux flatteries ni aux procès d'intention, mais toujours aux malentendus que je laisse s'installer entre les autres et moi. Je ressemble si peu à ce qu'ils me reprochent. Ma froideur, ma hauteur, mon intransigeance, la sécheresse de mes principes. S'ils savaient...

— Je vous écoute, monsieur. Ou dois-je vous appeler « Votre Eminence » ?

Il se laisse aller en arrière pour croiser les jambes, se répand dans le fauteuil voltaire comme un coulis de framboise.

— A votre convenance. Mais « Monseigneur » est peut-être moins formel.

Dans sa voix perce une ironie qui neutralise la mienne, tout en installant le rapport de forces sur le terrain que j'ai choisi. En termes de dialectique, ce prélat de salon n'a rien à envier aux copains avec qui je refaisais le monde sur les bancs de la faculté, et qui sont tous devenus des mandarins golfeurs, des chefs de clinique en décapotable, des valets de laboratoires pharmaceutiques prêts à toutes les courbettes pour obtenir un agrément, ou des fonctionnaires de la recherche résignés à ne rien trouver pour éviter de déplaire.

— Ce n'est pas trop gênant de sortir dans la rue habillé comme ça ?

Il aspire l'intérieur de ses joues, referme sa pèlerine écarlate.

— Beaucoup moins qu'autrefois, quand personne n'avait les cheveux roses, le nombril apparent ou des diamants dans le nez. Aujourd'hui les gens se retournent à peine sur moi.

— Ils vous prennent pour une drag-queen ?

— La procédure m'oblige à me présenter de manière officielle devant la personne que je viens requérir. Sinon, croyez-moi, je sais passer inaperçu.

Tout à coup je me suis dit qu'il jouait trop bien son rôle, que sa rhétorique et sa pourpre cardinalice n'étaient que la composition d'un comédien. Mais qui aurait pu se donner autant de mal pour me faire une blague ? Personne ne m'a souhaité mes quarante ans, la semaine dernière, et je n'ai plus avec Franck que des rapports en dents de scie où connivence et légèreté sont des souvenirs trop lourds.

— Si nous en venions au fait ?

Il acquiesce en observant le cadre en argent tourné vers moi, renfermant la photo des deux morts qui composent en ce moment l'essentiel de ma vie privée : ma mère et mon chien. Puis il croise les doigts, regarde scintiller la pierre jaune de son anneau épiscopal.

— Voilà ce qui m'amène, docteur. En 1531, au Mexique, vivait un pauvre Indien du nom de Cuautlactoactzin. Il était orphelin, veuf depuis trois ans déjà et son oncle, qui était sa seule famille sur terre, venait de tomber gravement malade.

Il se tait un instant, sans doute pour me laisser méditer sur le sort cruel d'un inconnu réduit en poussière depuis plus de quatre siècles. Comme je ne manifeste aucune réaction, si ce n'est le mouvement rotatif que j'imprime à mon crayon sur le sous-main, il poursuit d'une voix plus neutre :

— Je vous rappelle qu'en 1531, nous sommes au début de la colonisation espagnole. Les conquérants n'avaient eu aucun mal à s'emparer du Mexique, leur venue étant annoncée depuis longtemps dans les prophéties aztèques. L'empereur Moctezuma avait remis son trône à Cortés en disant : « Je vous attendais », et Cuautlactoactzin s'était converti, comme tant d'autres indigènes qui n'avaient pas eu le choix, certes, mais qui surtout avaient trouvé dans la religion catholique un heureux contrepoids à la barbarie de leurs grands prêtres. N'oublions pas que les Aztèques sacrifiaient annuellement deux cent mille personnes, en les dépeçant vivantes pour leur arracher le cœur, afin d'honorer le soleil et lui donner envie de se lever le lendemain matin.

D'un geste de retraité qui nourrit les pigeons, il me prend à témoin de la sauvagerie de ces gens. Je lui fais remarquer d'un air paisible qu'en termes de victimes, le score de l'Inquisition catholique n'est pas mal non plus, et que le rendez-vous de quatorze heures attend derrière la porte.

— J'aurai l'occasion de revenir sur les abus du clergé espagnol, répond-il en balayant du même coup la seconde partie de ma phrase. Mais revenons à notre ami Cuautlactoactzin que, pour plus de commodité, j'appellerai par le nom de baptême qu'il s'était lui-même choisi pour sceller sa conversion : Juan Diego. C'était un homme simple mais très pieux, très physique aussi, qui n'hésitait pas à parcourir cinquante kilomètres par jour, les pieds nus, pour se rendre au catéchisme à Tlatilolco, l'un des villages inclus dans le Mexico d'aujourd'hui. Ce faisant, il devait longer une colline déserte du nom de Tepeyac où, ce matin du samedi 9 décembre 1531, il entendit une voix douce lui murmurer : « Juanito... Juan Dieguito... » Il se retourna et se trouva devant une jeune femme très belle, immobile dans une lumière tendre, qui lui déclara : « Je suis la Vierge Marie, mère du vrai Dieu pour qui nous existons tous. »

Je pose mon crayon sur mon bloc d'ordonnances, et lui rappelle mes prises de position quant aux prétendues apparitions mariales de Lourdes.

— « Hallucinations collectives et fonds de commerce », m'interrompt-il en me citant. Je sais que vous pensez ne croire en rien, que vous l'avez dit et répété dans les émissions les plus regardées de votre pays. Je sais que le Comité médical international de Lourdes a demandé votre opinion sur un cas de guérison inexpliquée, et que vous estimez avoir prouvé que la Sainte Vierge n'y était pour rien.

— Absolument. C'était une cécité hystérique qui a disparu sous l'effet d'un choc nerveux, au moment où l'adolescente a été balancée dans l'eau glacée de la grotte. Le nerf optique n'avait aucune lésion : c'est le cerveau qui ne traitait plus les informations reçues.

Il m'arrête en levant la main :

— Je ne vous demande rien d'autre.

— Pardon ?

— C'est l'avis d'une ophtalmologue éminente que je viens solliciter, afin de contrer la « superstition idolâtre » que vous évoquiez dans votre rapport au Comité de Lourdes.

Je pose le menton sur mon poing, désarçonnée par les tactiques de cette momie du Saint-Siège qui semble éprouver un malin plaisir à me prendre à contre-pied. Suivant du bout de l'index le liseré de sa soutane, le cardinal examine les moulures du plafond.

— La Vierge, donc, déclara à Juan Diego : « Va trouver l'évêque, et dis-lui de me construire une chapelle ici même. » Le pauvre Indien protesta. En fait, il était moins impressionné par le caractère surnaturel de cette apparition, conforme à ses croyances, que par la transgression sociale qu'elle exigeait de lui. « Mais, petite Vierge adorable, répondit-il dans le langage fleuri des Aztèques, je ne suis que le plus minuscule de tes serviteurs, un pauvre puceron indigne, un Indien de surcroît... Jamais l'évêque de Mexico ne m'accordera son attention. — C'est toi que j'ai choisi, Juan Dieguito, toi le moindre de mes fils, répliqua la Vierge. Va trouver l'évêque, et il te croira. »

Je décroche mon téléphone qui bourdonne, en m'excusant d'un mouvement de sourcils. Franck me demande si je peux opérer une cataracte à sa place, demain matin.

— Je te rappelle.

— J'abrège, sourit mon visiteur lorsque j'ai raccroché. Juan Diego va donc trouver Mgr Zumarraga et lui déclare : « Voilà, j'ai rencontré Notre-Dame qui vous demande de lui bâtir une chapelle sur la colline de Tepeyac. » L'évêque lui répond : « Bien sûr », et fait évacuer cet illuminé. Mais la Vierge insiste, réapparaît cinq fois à Juan Diego pour le renvoyer chez l'évêque, qui le fait expulser manu militari. A la fin, découragé, le brave Indien dit à la mère de Dieu que Zumarraga ne le croira jamais sans preuves. Alors elle lui conseille de lui apporter des roses. Nous sommes en plein hiver : Juan Diego hausse les épaules. Mais lorsqu'elle disparaît, il découvre un massif de rosiers en fleur. Aussitôt il cueille une brassée qu'il enveloppe dans sa tunique. Les serviteurs de l'évêché le laissent entrer, cette fois, impressionnés par les fleurs hors saison qu'il apporte en offrande. Arrivé devant Zumarraga, l'Indien dépose les roses et l'évêque tombe à genoux, abasourdi. Sur toute la longueur de l'habit du pauvre Indien se trouve imprimée l'image de la Vierge Marie.

Il décolle ses doigts joints sous le menton, pour signifier sans doute que c'est la chute de l'histoire. J'en prends acte et lui demande en quoi elle me concerne.

— Une tunique de ce genre, qu'on appelle une *tilma*, est tissée en fibres d'agave, extrêmement fragiles. Près de cinq siècles après, elle est toujours intacte, exposée dans la basilique de la Guadalupe, au nord de Mexico ; tous les plus grands spécialistes mondiaux l'ont étudiée pour en arriver à la conclusion qu'ils ne pouvaient rien expliquer. Ni son état de conservation, ni la nature de l'« image » imprimée dont les couleurs ne proviennent d'aucun pigment connu sur terre, ni la position des étoiles sur le manteau de la Vierge, qui témoignerait de connaissances en astronomie impossibles à l'époque, ni la scène dans ses yeux.

— La scène ?

— Toute la scène chez l'évêque figure dans les yeux de la Vierge. Littéralement « photographiée ». C'est du moins ce que les chercheurs ont découvert au microscope.

Il pose sur ses genoux l'attaché-case, en sort un dossier volumineux qu'il me tend.

— Voici les conclusions des expertises effectuées par vos confrères, de 1929 à 1990, date à laquelle Sa Sainteté Jean-Paul II a béatifié Juan Diego.

J'ouvre au hasard le dossier vert, tombe sur un agrandissement photographique de la pupille où trois reflets sont entourés d'un cercle noir. Je feuillette le document agrafé en annexe. La signature du Dr Rafael Torija figure au bas d'un rapport de six pages.

— Je ne parle pas espagnol, dis-je en refermant le dossier.

Le cardinal tressaille. Pour la première fois depuis le début de notre entretien, j'ai réussi à le déstabiliser. Et c'est par le biais de mon ignorance.

— Je vous ferai parvenir les traductions, dit-il d'un ton sec. De toute manière ces expertises n'ont aucun intérêt pour moi : elles sont toutes unanimes.

Je jette un œil à la pendule de mon bureau, et rectifie l'alignement de mon cendrier vide. Il s'est offert un quart d'heure de mon temps : il lui reste six minutes.

— Qu'attendez-vous de moi exactement, monseigneur ? Que j'examine à l'ophtalmoscope les yeux d'une peinture pour vous dire si la Vierge Marie était myope ?

Il me considère avec une sorte d'indulgence navrée, et se penche en avant pour laisser tomber d'une voix lente :

— Mon enfant, j'attends de vous la preuve d'une supercherie, la découverte d'une erreur technique, l'hypothèse que les reflets dans les yeux puissent être l'œuvre d'un peintre — ou, à tout le moins, l'expression argumentée d'un doute.

J'en reste bouche bée. Ses doigts tapotent l'accoudoir du voltaire, dans l'attente de ma réaction.

— Pardon d'être brutale, Eminence, mais vous êtes de quel côté ?

— Celui du diable.

J'avale ma salive, la gorge serrée. Etre incroyante n'empêche pas d'être superstitieuse, et je déteste qu'on évoque avec autant de légèreté les forces du mal. Le cardinal perçoit ma répulsion instinctive, et un sourire en trait de rasoir adoucit l'écho de ses mots.

— Savez-vous ce qu'est l'avocat du diable, au Vatican, docteur ? Dans un procès de canonisation, c'est la personne désignée pour mettre en doute la réalité des miracles attribués au postulant, et chercher dans sa vie tout événement — péché, mensonge, imposture, conduite impie — susceptible d'interdire qu'il soit proclamé saint par le pape. C'est la charge qui m'incombe dans le procès de Juan Diego, et je me retrouve avec un dossier totalement vide, face à la partie adverse qui produit des dizaines d'attestations de guérisons miraculeuses imputées à l'Indien, une somme d'expertises unanimes confirmant le caractère scientifiquement inexplicable de l'image imprimée sur la tunique, et cent témoignages accréditant une vie privée désespérément irréprochable. C'est pourquoi je me tourne vers vous, docteur. Les yeux de la Vierge n'ont pas été examinés depuis dix ans. Je suppose que de nouvelles techniques sont apparues dans l'intervalle, et je vous demande de les utiliser pour attaquer les conclusions de vos confrères. C'est tout.

Et il se rappuie contre la tapisserie du voltaire. L'ironie de la situation installe sur mes lèvres un sourire qui disparaît dès qu'il reprend la parole :

— Votre curriculum vitae, parmi d'autres, a été attentivement étudié au Vatican. Je vous ai choisie pour votre esprit rationaliste, vos diplômes, vos compétences et votre audience médiatique.

— Dans quel ordre ?

— Pardon ?

— Vos critères de sélection.

Il se repousse contre l'accoudoir gauche pour éviter le rayon de soleil qui traverse la fenêtre dans mon dos.

— J'en ajouterai un, et non des moindres à mes yeux : vous êtes israélite.

— Et donc impartiale ?

— Du moins sujette à caution, dans votre approche des mystères catholiques.

— Pas d'amalgame. Je suis juive de naissance, monseigneur, mais athée par conviction.

— Moi-même je suis œcuménique de nature, mon enfant, et prudent par fonction. Je ne voudrais pas que ce procès de canonisation se retourne contre moi. Vous savez, les rivalités intestines et les intrigues partisanes que vous subissez dans votre clinique ne sont rien en regard de celles qui sous-tendent l'administration vaticane.

Un bref silence de solidarité s'installe entre nous. Je ne sais pas si je suis plus sensible à l'intelligence acérée de ce vieillard ou à la répugnance confortable qu'il m'inspire, justifiant en toute bonne foi mes préjugés contre les gens d'Eglise.

— Si Mgr Solendate, le préfet de la Congrégation des rites, a désigné comme avocat du diable un cardinal d'un rang comparable au sien, c'est avant tout pour se défausser face à l'importance de l'enjeu, l'implication du Saint-Siège et les conséquences politiques d'un procès qui remue autant d'intérêts terrestres que de questions théologiques. Mgr Solendate ne détesterait pas que j'échoue, ni que je m'acquitte de ma tâche avec un zèle excessif qui pourrait m'être reproché... Si je persuade le Tribunal de renoncer à la canonisation, l'immense ferveur soulevée en Amérique latine se transformera en un grave ressentiment contre Rome, qu'on s'empressera de m'imputer. D'un autre côté, si je laisse homologuer les miracles attribués à Juan Diego, signifiant par là que la puissance divine agit par son intermédiaire contre les lois de la nature — ce qui n'est pas la ligne actuelle — et que l'ajout hâtif de ce nouveau saint dans le calendrier, perçu comme un témoignage de soutien aux Indiens du Chiapas en révolte contre le pouvoir mexicain, provoque un affaiblissement de la position de l'Eglise, j'en serai tenu pour responsable.

Je compatis, avec un geste d'indifférence qui le renvoie à son problème.

— Et mes ennemis en profiteront pour obtenir ma mise à la retraite anticipée.

Je dévisage avec surprise l'octogénaire décati qui croche ses doigts sur les accoudoirs du voltaire pour les empêcher de trembler.

— Sans être indiscrète, monseigneur, les cardinaux se retirent à quel âge ?

— Quasiment jamais. En théorie, la limite est fixée à soixante-quinze ans, au Sacré Collège, mais comme nous sommes majoritaires les plus jeunes ont beaucoup de mal à nous envoyer sur la touche, sauf en cas d'anathème, de scandale financier ou de faute politique grave. Certains de mes pairs voudraient bien se passer de mon influence lors du conclave qui désignera le successeur de Jean-Paul II, et ce n'est pas un hasard si ce procès me fragilise, moi qui m'oppose au courant intégriste qui peu à peu s'empare du Vatican. J'aimerais tant *faire* le prochain pape, docteur...

Un bref désarroi a traversé son regard, un éclair d'humanité, d'humilité implorante, comme si la réalisation de son vœu dépendait de moi.

— Me permettez-vous, reprend-il sur le même ton, de vous appeler « mademoiselle » ? « Docteur » me ramène fâcheusement aux réalités de mon âge et « mon enfant », je le sens, vous choque.

Il extrait de son attaché-case une grande enveloppe qu'il dépose sur mon sous-main.

— Connaissez-vous le Mexique ?

— Non.

— Vous trouverez l'ordre de mission officiel signé par la secrétairerie d'Etat, et le sauf-conduit qui donne le droit d'examiner l'image *ad litem*.

— C'est-à-dire ?

— Le recteur de la basilique vous enlèvera la glace de protection.

— C'est gentil de sa part, mais comme vous l'avez dit vous-même, j'opère tous les matins et mon carnet de rendez-vous est complet jusqu'en juin.

— Il exigera en contrepartie que vous portiez un équipement de protection opératoire en milieu stérile, enchaîne-t-il. Je dois dire que cela me fait doucement rire : l'image est restée exposée plus d'un siècle à l'air libre au-dessus d'un autel où chaque cierge dégage une lumière ultraviolette de six cents microwatts, ce qui aurait dû logiquement la faire disparaître en quelques semaines. De toute manière, aucun tissu en agave n'a jamais tenu plus de vingt ans : même sous verre il se désagrège et tombe en poussière. Alors... Les mesures de sécurité qu'on vous imposera, suivez-les, mais simplement par courtoisie. Le recteur de la basilique est un convaincu parfait qui veille sur sa *tilma* avec une minutie confinant à la paranoïa. Son prédécesseur, en revanche, était un Autrichien qui ne croyait en rien : ni aux miracles, ni à la science, ni en lui-même. Sur ce dernier point, le souverain pontife lui a finalement donné raison.

Sa façon d'ignorer mes objections aurait dû m'agacer, mettre un terme à la consultation. Il a dépassé son temps de parole et une dystrophie rétinienne attend dans le salon, mais la curiosité est la plus forte.

— Puis-je vous poser une question personnelle, cardinal Fabiani ?

— Je vous en prie.

— Vous-même, quelle est votre opinion sur la nature de l'image ?

Il récupère sa canne et se lève en étreignant le pommeau, les mâchoires crispées sous l'effort. Derrière les relents d'antimite que diffuse sa pèlerine, je décèle une vague odeur de cave et de tabac blond.

— Je n'ai pas d'opinion, mademoiselle. Ma foi me porte à croire ce que le rôle présent assigné par l'Eglise me contraint de nier. Je m'en remets donc à vous. Que vos compétences aient le dernier mot.

— Mes compétences ou mes préjugés ?

— Ils vont dans le sens de ma tâche, mais ce critère ne doit avoir sur vous aucune influence.

— Et supposons que votre expert soit amené à confirmer les conclusions de ses précédents confrères. Quelle serait votre réaction ? Il serait débouté ?

Le petit homme sourit d'un air triste.

— Vous savez, être avocat du diable est pour moi une mission ponctuelle, pas une vocation ni un trait de caractère. J'essaie de m'acquitter de cette charge avec la vigilance requise par les pièges qu'on me tend, certes, mais surtout dans le souci d'intégrité qui doit animer, je suppose, le juré tiré au sort par la justice des hommes.

Cette protestation d'honnêteté lui va aussi mal que le ton modeste dans lequel il l'enrobe. Je pose mon crayon devant la pendule qui affiche deux heures trois.

— L'aventure de Juan Diego a eu des conséquences dont vous ne mesurez pas encore la portée, reprend-il en empoignant son attaché-case. La première administration coloniale s'était comportée d'une manière si abominable que les Indiens étaient à deux doigts de la révolte. Le fait que l'un des leurs ait été choisi par la Vierge a certainement évité un massacre, et conduit Charles Quint à modifier radicalement l'attitude de l'Espagne envers les Mexicains. Aujourd'hui, la basilique de la Guadalupe est l'un des plus grands centres de pèlerinage au monde. Chaque année, vingt millions de fidèles viennent se recueillir devant la tunique de Juan Diego. Mettre en doute sur place son caractère sacré de manière convaincante porterait préjudice à de nombreux intérêts, tant religieux que politiques ; c'est certainement très excitant pour vous mais peut-être pas sans danger. C'est mon devoir de ne pas vous dissimuler cet aspect du voyage.

Je masse du bout de l'orteil mon talon irrité par la chaussure neuve, lui demande combien de confrères avant moi ont refusé sa proposition. Il abaisse les paupières et sourit d'un air conciliant.

— Un catholique ne saurait s'y soustraire, mademoiselle ; c'est pour lui un impératif moral d'obéir à la requête du Promoteur de la foi — oui, c'est le nom plus officiel par lequel le Tribunal désigne l'avocat du diable. Mais le témoignage des athées comme celui des personnes d'une autre confession n'a rien d'obligatoire : il est recevable, c'est tout. Pour achever de vous répondre, je précise que vous êtes la première ophtalmologue que je contacte. Votre rapport d'expertise devra me parvenir d'ici trois semaines. Il n'y aura pas de comparution physique au procès.

Il pousse vers moi l'enveloppe qu'il a déposée sur mon bureau à côté du dossier vert, me fixe avec une intensité calme jusqu'à ce que je me décide à l'ouvrir. Elle contient sa carte de visite avec sa ligne directe au Vatican, surlignée de rouge, un ordre de mission en espagnol à l'en-tête du Saint-Siège, une avance sur frais et un billet en classe affaires, départ jeudi prochain, retour le mardi suivant.

Lorsque je relève les yeux, l'avocat du diable a disparu. Et je me rends compte qu'à aucun moment il ne m'a demandé si j'acceptais ou non son expertise.

Méfie-toi de cet homme, Nathalie. Je l'ai poussé à te choisir car tu es la personne qu'il me faut, mais je ne réponds pas de lui. J'ai beau être son obsession, je ne parviens pas à savoir s'il veut ou non mon bien, et sa conception du bien est peut-être pour moi le plus fâcheux des maux.

Il aime le pouvoir sur les êtres. Il connaît tout de toi, ou presque, et te manipulera en conséquence. J'ai bien apprécié la manière dont tu lui as tenu tête. Néanmoins il paraît persuadé que tu vas accepter et réussir la mission qu'il est venu te proposer. Je voudrais partager sa confiance. Mais je n'existe pas encore suffisamment pour toi ; aucune arrière-pensée ne t'anime, je ne te suis d'aucune utilité et je n'ai donc pas lieu d'exercer sur toi une quelconque influence : tu es libre.

Si seulement ton chien était encore de ce monde... L'ordinateur est un moyen d'expression pratique, plus simple à contrôler qu'une table, un verre ou les mouvements d'une main ; il traduit mon énergie mais il transmet si mal mes émotions, il infléchit si peu les pensées... Je perçois tes refus, tes a priori, tes défenses. L'instinct de ton chien est le seul phénomène irrationnel que tu aies jamais admis sans éprouver un sentiment d'agression. Lorsque ta mère te disait qu'il savait, à plusieurs kilomètres de distance, et quels que soient tes horaires, le moment précis où tu décidais de rentrer chez toi, et qu'il allait aussitôt se poster dans le vestibule pour t'attendre, tu te sentais flattée, aimée, importante. Aujourd'hui où ta maison est vide, l'inexplicable a perdu son droit de cité. Tu es seule et deux plus deux font quatre.

Laisse-moi prendre corps peu à peu dans un coin de ton esprit, petite Nathalie, pendant que tu examines les yeux de ces personnes : conserve-moi à mots couverts dans ce réduit de mémoire et d'amour où ton chien continue de t'attendre. J'aimerais bien me familiariser. Rester encore un peu en toi, faire mieux connaissance... Mais tu es trop accaparée par tes consultations, je le sens bien. Tu te concentres sur tes patients, ton chien s'efface et je me désagrège.

Il me faut retourner d'où je ne suis jamais vraiment parti, là où me retiennent sans relâche la ferveur et l'espoir de millions d'inconnus. Viens me voir, Nathalie. Je t'attends, je t'appelle, j'ai besoin de toi.

Tout l'après-midi, le souvenir du vieil homme en rouge est venu se greffer sur mes consultations. J'étais partagée entre le malaise d'avoir été observée, disséquée à distance par les services secrets du Vatican, et la tentation jubilatoire d'aller shooter dans la fourmilière. Le fait que l'Eglise catholique me demande officiellement de prouver l'inexistence d'un miracle afin d'empêcher une canonisation me confortait dans l'idée qui, depuis mes quinze ans, n'a jamais été démentie par l'expérience : on ne peut compter sur personne, surtout pas sur ses pairs, ses alliés, sa famille de pensée, et l'indépendance est la seule protection face aux groupes de pression qui finissent toujours par éclater de l'intérieur. Cela dit, toutes les objections que j'avais soulevées devant le cardinal Fabiani demeuraient valables. Sans compter celles que je lui avais tues.

Au fil des heures se succédaient les urgences et les hypocondries, les cachemires et les fourrures pastel, les sacs Chanel et les chéquiers reliés en veau — tout l'éventail de ma clientèle ordinaire, du top model à l'agent de change en passant par le sénateur qui me fait du genou pendant que je lui examine le fond de l'œil, la veuve endiamantée qui m'aveugle avec ses boucles d'oreilles en me racontant sa dernière croisière, et le gamin tête-à-claques qui mastique son chewing-gum sous mon ophtalmoscope tandis que sa mère me récite ses résultats scolaires. Tous ces myopes de luxe, ces cataractes à la mode et ces presbytes en puissance qui viennent à moi parce que je passe à la télé, que je suis la plus chère et que des stars me citent dans leurs dîners en ville entre leur coiffeur génial et leur acupuncteur surbooké. Ce défilé de *people* qui emplit ma salle d'attente me désole, mais comment revenir en arrière ? Les impôts, le loyer du cabinet, le coût de mon matériel et les exigences de la clinique me condamnent à facturer toujours plus, à multiplier les actes opératoires et la fréquence des consultations. Moi qui ne rêvais que tiers-monde et hôpitaux en voie de développement où j'aurais formé les grands chirurgiens de demain, moi qui espérais faire profiter les enfants africains du Lasik, ce laser ultra-précis que j'ai mis au point pour atteindre les couches les plus profondes de la cornée, je passe quatre-vingts pour cent de mon temps à améliorer à prix d'or le confort visuel de privilégiés qui auraient très bien pu continuer à vivre sous lunettes ou lentilles. Je me fais honte, souvent, le soir, mais plus je travaille et moins j'ai de loisirs à consacrer aux remords.

Il est dix-neuf heures trente. Après avoir annoncé au regard le plus célèbre des magazines féminins que, malgré le traitement au Bétagan, sa tension oculaire restait supérieure à 25 et qu'il fallait d'urgence opérer son glaucome, je suis allée acheter du jambon, du beurre et du pain de mie pour faire des croque-monsieur à Franck.

En garant ma voiture devant la maison, je me rends compte que j'ai oublié le gruyère. Tant pis, ça changera un peu. J'ai beau ne plus avoir préparé notre menu d'amoureux depuis un an et demi, je ne peux me résoudre à conjuguer Franck au passé. Les habitudes survivent à l'amour — ou plutôt le rituel, les à-côtés de la passion tuent les résolutions sans que ce soit prémédité. Franck est un homme inquittable : ses limites m'arrangent, nos défauts se complètent et son humour dépressif m'excite presque autant que son corps. J'essaie d'arrêter de l'aimer, avec constance et sincérité, mais c'est encore plus dur que la cigarette. A chaque fois je rechute, je m'en veux et je retrouve le même plaisir intact. Sonia, ma secrétaire, a une expression très juste quand elle me le passe au téléphone : « C'est ton ex-ex. »

Le découragement tombe sur mes épaules dès que j'ai ouvert la porte. Je pars à l'aube et je rentre assez tard, généralement, pour n'avoir plus la force de m'attaquer à la poussière. La femme de ménage ne vient plus, depuis que maman est morte ; elle dit que ça lui ferait trop de peine et je n'ai pas le temps de chercher quelqu'un de nouveau qui prenne le pli de mes manies : je préfère que les objets restent sales plutôt que de les voir changer de place. Je vis dans un mémorial, une espèce de colonie de vacances désaffectée, trop grande pour moi, où je n'occupe qu'une chambre, une salle de bains et la cuisine. Maman, tout au long des années qui ont suivi son divorce, rêvait d'une maison pleine de petits-enfants courant partout. Avant que mon frère et moi ayons rencontré la moindre âme sœur, elle avait déjà équipé les chambres du premier de berceaux, de lits-cages et de caisses à jouets. David n'est jamais revenu. Il a fondé son foyer en Israël avec une *loubavitch* indignée par notre libéralisme, maman n'a pu voir leurs rejetons qu'une fois chacun, à Tel-Aviv, et je n'ai jamais supporté le genre d'hommes avec qui on fait des mômes. Je n'aime que les éternels gamins, les immatures, les empêtrés, les infidèles. Ceux que j'accueille avec les souvenirs, les odeurs, les blessures d'autres femmes, ceux qui se ressourcent en moi et repartent plus forts, plus légers, moins coupables vers les reproches, le devoir, la routine ; ceux qui me rendent heureuse et qui me laissent tranquille. Je suis une plaque tournante, une plaque chauffante, un corps d'asile. En devenant mon seul amant, Franck n'a rien changé à ma nature. Et les sept lits-cages sont restés vides.

Depuis que ma mère est partie, je prolonge pour rien son rêve d'une famille à marmaille entourant ses vieux jours. Je ne crois pas aux esprits qui survivent, mais aux objets qui restent. Je suis incapable de les déplacer, de jeter quoi que ce soit. Tout restera *en l'état* et je vieillirai sans regret dans un décor immuable. A la différence de maman qui se faisait tant de souci pour moi, je n'ai connu que des joies en amour et j'ai toujours préféré la solitude. Je ne peux m'en prendre qu'à moi-même s'il me manque quelque chose. L'insouciance. La désinvolture. Le culot de plaquer la clinique, de recommencer mon métier ailleurs, pour retrouver ma vocation étouffée sous le chiffre d'affaires. Rien ne devrait me retenir. Je ne veux pas d'héritier, je n'engrange pour personne et aucune famille ne dépend plus de moi. Maintenant que mon chien n'est plus là pour justifier ma présence, je me retrouve sans arguments face à mes reniements et je le vis aussi mal que prévu.

Aucun message sur le répondeur. Normal : je n'ai plus de copines. Je n'ai plus la force de subir leurs histoires, leurs maris, leurs bébés, leurs vacances, leurs bonheurs péremptoires construits sur des illusions, des concessions, des objectifs atteints ou des plans à long terme, ni ces façons de me reprocher mon célibat pour finalement, tôt ou tard, m'envier ma liberté avec une amertume qui ne pardonne pas.

Je vais déposer à la cuisine le dossier vert laissé

par l'avocat du diable, et je prépare les croques sur la tôle que je n'aurai plus qu'à enfourner pendant que Franck débouchera le champagne. Pain, beurre, jambon, gruyère, poivre au rez-de-chaussée ; pain, beurre, gruyère, poivre à l'étage. Il m'a fallu des années pour mémoriser la litanie, afin d'empiler dans l'ordre qu'il aime. « Heureusement que tes patients ne te voient pas dans une cuisine : tu n'aurais plus personne sur le billard », disait ma mère.

L'absence de gruyère, ce soir, crée une dysharmonie certaine qui remet en question toute la logique du plat. En fait, je me sens aussi désemparée que mes croques. Les inepties paranormales qui me narguent sur le frigo, bien à l'abri dans leur dossier vert pomme et leur langue hermétique, sont moins une tentation qu'un rappel à l'ordre. Je ne détesterais pas, bien sûr, aller pourfendre l'irrationnel dans un pays inconnu, mais la proposition de ce martien en soutane me renvoie une image que je ne supporte plus. Qui suis-je, pour tout le monde ? Une chirurgienne de talk-show. Une ophtalmo en vue. Les tissus de mensonges baptisés portraits-vérités par des journalistes peu regardants m'ont déjà fait assez de mal, dans l'affaire de la « guérison inexpliquée » de Lourdes : j'imagine l'ampleur que ça prendra si je démontre que les yeux « miraculeux » vénérés à Mexico sont nés d'un coup de pinceau. Dans le meilleur des cas, on dira que j'ai voulu me refaire de la pub sur le dos des pauvres gens qui implorent une grâce du ciel en dernier recours, et si la tunique illustrée de leur Juan Diego cesse de les guérir, ce sera ma faute. Comment leur donner tort ? Ai-je besoin, ai-je envie, ai-je la force d'endosser un malentendu de plus ? Si je me suis répandue dans toute la presse, l'an dernier, en expliquant que la petite Cathy Kowacz avait retrouvé la vue par un choc psychologique et non sous l'action de Notre-Dame de

Lourdes, c'était pour qu'on lui foute la paix. Pour éviter que les curés ne la récupèrent, ne lui gâchent son adolescence à coups d'encensoir et ne la transforment en relique, en image sainte, en objet de culte. Là, j'avais une bonne raison d'engager mon crédit ; l'avenir d'un être humain était en jeu. Mais qu'en ai-je à cirer d'un Indien mort depuis quatre siècles ? S'il fait du bien aux gens qui souffrent, tant mieux pour eux.

Je décore mes toits-terrasses en beurre poivré d'un cornichon pour faire plus gai, et je monte prendre une douche, évitant comme toujours de me croiser dans la glace. Mon corps fait ce qu'il peut, ce qu'il veut ; je ne l'aime plus et il se venge. J'ai le même rapport avec les régimes qu'avec les chewing-gums antitabac : la privation me fait gonfler. En plus Franck me préfère comme ça. Il aime que mes seins fassent du 90 C, en se foutant pas mal que ma taille et mes hanches épaississent en proportion. Quand j'essaie de lui expliquer le drame d'avoir pris deux tailles en dix-huit mois, il me répond que je suis au-dessus de ça. Il est vrai qu'on ne se voit plus qu'avec une table entre nous, en salle d'opération. Tout à l'heure, quand je l'ai rappelé au sujet de la cataracte qu'il voulait me refiler demain matin, et que je lui ai proposé de venir manger un croque, j'ai reçu en plein cœur un silence qui aurait fait fondre la mieux armée. Il a fini par murmurer : « Tu es sûre ? » d'une voix émue, et je vais encore devoir fourbir des arguments dissuasifs qui me couperont l'appétit tandis qu'il me caressera sous la nappe. Comment lui expliquer au dessert que je ne l'ai invité ce soir que parce qu'il parle espagnol ? Est-ce la vérité, d'ailleurs, ou un simple prétexte, une raison supplémentaire de m'en vouloir ensuite pour n'avoir pas répondu au désir que j'ai de lui ?

Non, je n'étais pas une image pieuse. Le gentil sauvage effarouché, le benêt analphabète qui avait échangé le Serpent à plumes contre la Vierge auréolée, le docile qui avait abjuré ses croyances pour obéir à la foi du plus fort... C'est par amour pour ma femme que je suis devenu catholique, c'est en connaissance de cause que j'ai choisi le Dieu des envahisseurs, parce que les nôtres prenaient l'âme des morts comme le sang des vivants en ne regardant que la quantité, sans rien nous donner en échange, sinon l'éclat du soleil qui se levait tout aussi bien pour les Espagnols, alors pourquoi se priver d'une religion qui promettait à chacun une vie éternelle dépendant de son comportement sur terre ? Malintzin était la plus douce, la plus rayonnante, la plus généreuse des femmes. C'est la première question que j'ai posée à leurs prêtres, quand les mieux-nés d'entre nous ont appris des rudiments de leur langue pour leur servir d'interprètes : resterons-nous unis après la mort dans votre Paradis, si vous nous baptisez ? Ils ont répondu oui.

Alors Malintzin et moi avons troqué nos divinités assoiffées de sang, égoïstes et bornées contre leur Dieu unique en trois parties, leur Dieu d'amour qui s'était incarné au moyen du Saint-Esprit dans le ventre d'une vierge ; nous sommes devenus Maria Lucia et Juan Diego. Et nous avons vécu encore deux ans dans le bonheur de nos corps, qui désormais s'appelait le péché de chair, mais cela ne changeait rien à nos étreintes, sinon que nous les confessions ensuite et que la mise en mots de nos caresses décuplait notre désir. Les missionnaires se réjouissaient de nous voir si assidus à confesse, sans mesurer le pouvoir érotique de leur absolution. Nous n'avions pas d'enfant et le ventre de Maria Lucia était un jardin que nous cultivions pour notre plaisir ; c'était notre seul bien, notre seule richesse sur terre, la seule offrande que nous pouvions apporter au Dieu d'amour.

Mais un jour, un nouveau prêtre qui venait d'arriver de Madrid s'est fâché en entendant ma confession. Il m'a demandé notre âge. Et il a déclaré, sûr de lui, plein de fureur et de menace : c'est un péché mortel de continuer à faire l'amour avec sa femme quand elle n'est plus en âge d'enfanter. Nous sommes tombés des nues. Et comme nous voulions nous retrouver ensemble après la vie, mais pas dans les flammes de leur enfer, nous avons décidé d'arrêter de nous donner du plaisir. Nous avons fait une grande fête pour nous tout seuls, sur la colline de Tepeyac où nous nous étions connus. La fête de la Dernière fois. Et nos corps se sont dit adieu dans un accord ultime, la conscience de graver à jamais ce souvenir de débauche dans la sagesse qui suivrait, puisque pour les catholiques sagesse signifiait privation et vertu abstinence.

Et puis, l'année suivante, j'ai perdu pour de bon Maria Lucia. Tous les prêtres, même le furieux qui nous avait interdit l'amour, m'ont confirmé qu'un jour nous serions réunis dans la paix du Seigneur. C'était la moindre des choses, comme ils me l'avaient tuée avec leur arme secrète, ces rayons invisibles qui brûlaient le front et faisaient trembler de froid : cette mort étrangère qui décimait notre peuple et qu'on n'appelait pas encore la grippe.

Je suis donc resté catholique, pour assurer le salut de Maria Lucia et la retrouver le jour où je monterais au ciel. Je continue d'y croire, dans le doute. Mais tout ce que je sais, par expérience, c'est que l'âme est immortelle et qu'il n'y a pas d'évolution. Du moins dans mon cas. Je suis ce que j'étais, Nathalie. Ou plutôt je demeure, pour mon malheur, ce que la Sainte Vierge a fait de moi. Son témoin. Son intermédiaire. Celui par qui se répandent les miracles. Et même si c'était faux, c'est devenu vrai.

Le temps n'existe pas vraiment au sens où vous l'entendez, mais ce que vous appelez le futur modifie ce que vous pensez être le passé. La perception varie. L'humeur change. Votre oubli m'atténue, votre chagrin m'attriste, vos prières m'absorbent et, si vos angoisses me rongent, votre plaisir m'adoucit. Lorsque le courant passe entre nous, comme vous dites aujourd'hui, votre état d'esprit influence ma mémoire.

J'étais bien dans tes rêves de la nuit dernière, petite Nathalie. Pendant les dix-neuf ans où j'ai survécu sur terre à Maria Lucia, je n'ai plus fait l'amour qu'en dormant, comme toi, alors je me sens un peu chez moi dans le sommeil où tu te caresses. Quelle joie inattendue de me sentir en résonance avec une personne appelée à travailler sur moi. Je te le dis en tout bien tout honneur, tu es la première femme de ma mort. Jusqu'ici tous ceux qui m'ont étudié, expertisé, remis en cause étaient des intellectuels au cœur frugal, des obsédés de leur spécialité sourds aux émotions qui m'animent, des ecclésiastiques fermés à la passion humaine ou des vieillards entourés d'un désert affectif dont je souffrais autant qu'eux. Dieu que je me serai ennuyé dans l'au-delà...

Et toi, Nathalie, me comprendras-tu enfin ? J'étais un homme simple, tu sais, un être de chair, de rêves et d'habitudes. Quand je me suis retrouvé seul, le catéchisme est devenu ma raison de survivre, la prière mon unique moyen de rester en communion avec ma femme. Ils disent que j'étais très pieux. J'étais surtout fidèle. Ils disent que l'apparition de la Vierge a tout bouleversé en moi — non, je suis resté le même. Ils disent que je pratiquais la mortification, mais c'est faux : je marchais pieds nus parce que j'étais un *macehualli*, la plus basse des castes chez les Aztèques, et

34

quand on m'a offert des sandales je ne les ai pas supportées. Ils disent que sitôt l'image divine imprimée sur ma *tilma* j'ai reçu le don des langues — tu parles. Si j'ai sué sang et eau pour apprendre leur espagnol, c'était dans le souci de répondre aux interrogatoires des envoyés de Madrid, sans l'intermédiaire du traducteur qui enjolivait les faits. Si j'ai laissé ma maison à mon oncle, ce n'était pas un vœu de pauvreté — j'étais déjà suffisamment pauvre — mais parce que Mgr Zumarraga avait voulu me loger près de la chapelle où se trouvait ma *tilma*, afin que je puisse faire à tous les pèlerins le récit de mes entretiens avec la Vierge. Et si mon existence a été si longue, c'est que j'avais une bonne santé.

Mais jamais, tu m'entends ? jamais je n'ai été un homme exceptionnel. Pas plus que je ne suis devenu un défunt prodigieux. Jamais je n'ai *accompli* les miracles qu'on me demande et qu'on porte ensuite à mon crédit. J'étais le propriétaire du vêtement où la Mère de Dieu a décidé de laisser son empreinte, c'est tout. J'ai fait mon temps ; j'aurais dû me dissoudre. Je suis une simple feuille tombée de l'arbre et qu'on ne laisse pas mourir. Une feuille qui n'avait de sens que lorsque la sève coulait en elle et qu'elle aidait l'arbre à respirer. Les feuilles tombées doivent retourner à l'humus, Nathalie.

Délivre-moi de ceux qui me vouent un culte. J'ai quitté votre monde et je suis toujours là, ils me retiennent par leurs prières en m'enfermant dans une vision fausse, ils me dénaturent pour que je les exauce, ils me demandent l'impossible et parfois ils l'obtiennent, mais je n'y suis pour rien et ils refusent de me croire ; d'ailleurs ils ne m'entendent même pas, seule leur voix leur importe : pour eux je ne suis là qu'en vue de les satisfaire. Otage de leur foi, bloqué entre ciel et terre, je ne suis plus vivant et je demeure un homme, rien de plus, rien de mieux, rien d'autre : un homme sans femme, un nom sans corps, une âme sans issue.

Puisse ma pauvre pensée si chétive et si close trouver un écho dans la tienne. Pour qu'au moins je t'immunise contre les exagérations, les erreurs et les mensonges que tu entendras, et qui risqueraient de faire écran entre nous. Ce que tu as dit au cardinal Fabiani sur les raisons de ton incroyance n'est pas tout à fait juste. Tu n'as pas de convictions, tu n'as que des refus. Et un sens de la dignité humaine qui te fait préférer le néant à l'indifférence divine. Tu es athée par fierté, Nathalie, j'étais croyant par amour. C'est la seule différence entre nous, et ce n'en est pas une. Tu es la femme d'une seule passion comme j'étais l'homme d'une seule femme. Ce sont nos états de vide qui créent l'attraction : je suis venu vers toi pour les mêmes raisons qui m'ont valu l'attention de la Vierge. N'y vois aucun orgueil de ma part, juste la conscience de mon insignifiance : quel autre aspect de mon caractère aurait pu intéresser Notre-Dame ? J'étais disposé à voir l'apparition car, temple vivant à la mémoire de ma femme, je n'appartenais déjà plus au monde des hommes. Ta vie te pèse, tes contemporains te fatiguent, ce que tu as fait de ton métier t'écœure, tu ne veux plus souffler sur des braises pour conserver l'homme que tu aimes, et tu refuses les croyances qui rassurent tes semblables, justifient leurs choix, leur résignation, leur médiocrité. Ta révolte est la mienne : tu as fini de remplir cette existence terrestre, penses-tu souvent, et, au fond de toi, tu demandes qu'on t'oublie. Tu m'as appelé sans le vouloir. Je suis là. Et j'attends patiemment que tu m'entendes.

Tu n'es pas la première personne dont j'implore le secours, tu sais. Mais les déceptions précédentes ne font que renforcer l'espoir que je mets en toi. Viens au Mexique, Nathalie. Accepte la mission de l'homme qui ne veut pas que je devienne un saint. En cherchant la vérité sur moi, tu trouveras peut-être autre chose, que tu réclames à ton insu dans les rêves où tu me laisses entrer.

La sonnerie fait déraper mon crayon. J'efface les dégâts autour de ma paupière, puis descends l'escalier en criant que j'arrive. J'ouvre la porte et je me retrouve devant un bouquet de pivoines. Franck s'excuse pour la connotation sexuelle qui, d'après lui, s'attache à ces fleurs : c'est tout ce que le magasin avait de présentable à cette heure-ci. Il a mauvaise mine, les joues creusées, les lèvres sèches. Dans les opérations où il m'assiste, à la clinique, seuls nos yeux se parlent entre le masque et le bonnet, et on n'a jamais deux minutes pour se voir ensuite à la cafétéria.

— J'ai pas l'air bien, je sais, confirme-t-il d'un ton propre à décourager les commentaires.

Une écharpe de laine est tortillée sous sa veste en coton hors saison, ses rides de sourire ont cédé la place à deux plis d'amertume et la fatigue éteint son regard vert. Plus il est mal, plus je le trouve beau.

A peine affalé dans le fauteuil du salon que je n'ai pas eu le temps de déhousser, il me balance tout à trac, ses pivoines en suspens au bout de son bras, que son père le fait chier, ce qui n'est pas nouveau, et qu'il va lui dire une bonne fois tout ce qu'il a sur le cœur, ce dont je n'ose plus rêver. Mon air sceptique décuple sa rage : il me jette à la face que le vieux a parlé hier soir de vendre le terrain de la clinique à un promoteur immobilier, pour régler la question de sa succession. Je souris, lui prends le bouquet des mains en lui expliquant qu'il devrait considérer ce camouflet comme un hommage : son père a tenté pendant des années de le briser nerveusement, de le dissuader d'exercer pour qu'il n'y ait qu'un seul Manneville dans l'histoire de la chirurgie des yeux ; il avoue tacitement sa défaite en n'ayant plus d'autre argument que la menace des bulldozers. J'ai été son élève : je le connais mieux que son fils. Henry Manneville est de la race des pionniers qui considèrent que leur avancée, les innovations attachées à leur nom sont par essence définitives ; personne n'a le droit d'aller plus loin, de découvrir autre chose. Il a été le premier à pratiquer la greffe de la cornée, il a milité toute sa vie pour que chaque citoyen fasse le don de ses yeux à la Banque médicale, et n'admet pas la réussite de mes correspondants japonais qui ont mis au point une cornée artificielle. J'admire profondément le médecin, j'ai enduré avec profit la tyrannie du professeur et je méprise l'individu, en ayant toujours su les dissocier, ce qui n'est malheureusement pas le cas pour Franck.

— Il ne vendra jamais, tu le sais bien, dis-je en allant mettre ses fleurs dans l'eau. C'est juste pour te gâcher le week-end. Tu vas skier ?

Je referme le robinet ; il se tait toujours. J'en déduis qu'il part avec une fille, et je m'efforce d'espérer que ça lui fera du bien.

— En tout cas, finit-il par répondre, il démissionne du conseil d'administration et il t'installe à sa place.

Je m'immobilise au milieu du couloir. Il n'y a aucune amertume dans sa voix, aucun dépit, aucune rancune à mon encontre. Je dépose le vase sur une console, vais prendre la bouteille de champagne et le dossier vert, retourne dans le salon où Franck s'est déchaussé, les mains derrière la nuque, l'air délivré d'un poids. Ses cheveux blonds rejetés en arrière, échappant au contrôle du gel, dessinent les épis du soir que j'aime tant.

— Et je vais te dire le fond de ma pensée, déclare-t-il avec une sérénité crispée : c'est la meilleure décision qu'il pouvait prendre.

Je me perche sur l'accoudoir, le regarde remonter nerveusement ses chaussettes. Le siège d'Henry Manneville au conseil d'administration serait ma seule chance d'imposer mes choix, de pratiquer les greffes de cornée artificielle pour remédier à la pénurie de greffons, éviter les rejets et la contrainte des immunosuppresseurs que l'opéré est condamné à prendre jusqu'à la fin de ses jours. Manneville s'oppose au protocole : l'autorisation de passer en phase 4 est trop récente, les réussites apparentes ne prouvent rien, on manque de recul sur l'homme, c'est dangereux pour la clinique en cas d'échec et beaucoup moins rentable que mon laser qui corrige sans souci les myopies à la chaîne.

— Il nous invite à déjeuner, dimanche, laisse tomber Franck.

Un silence lourd d'intimité lui répond. Tout ce que ces quelques mots recouvrent et signifient pour nous... Pendant nos cinq ans de liaison officielle, chaque dimanche ou presque, nous allions déjeuner dans la villa des Manneville, en face du trou numéro 9. Gigot rituel, pommes de terre sautées, salade du jardin, conversation allant du golf à la politique, baba au rhum et poker à quatre. Dès le début de la partie, je décroisais les jambes et Franck se déchaussait. Son expression imperturbable, tandis qu'il m'amenait au plaisir du bout de l'orteil en annonçant « full » ou « sans moi », était pour lui une formidable victoire intérieure sur son père, qui s'ingéniait devant moi à l'appeler « mon grand » en guise de diminutif. Un jour, en ramassant une carte, sa mère nous a vus sous la table. Elle s'est redressée en rougissant à peine, mordant ses lèvres sur un sourire rentré, et elle a continué la partie comme si de rien n'était. Pour elle aussi, c'était une vraie revanche sur l'autorité péremptoire d'Henry Manneville qui avait fait d'elle tout ce que j'empêchais Franck de devenir : une victime étouffée sous l'admiration vouée au maître et les complexes afférents.

Quand il m'a nommée chef du service d'ophtalmo à la place qu'aurait méritée son fils, j'ai mesuré l'ampleur de mon échec : je n'avais fait qu'envenimer sa jalousie, et ma promotion était pour lui la meilleure façon d'abaisser mon amant qui devenait du coup mon subordonné. Soit la situation était insupportable à Franck et brisait notre couple, soit il s'inclinait et noyait ses dernières ambitions en admettant son infériorité : Henry Manneville gagnait dans les deux cas de figure. J'ai préféré interrompre notre liaison. Il a continué de nous inviter le dimanche, une fois par mois, « en camarades », et nous avons relevé le défi pendant un an, pour lui montrer qu'au moins notre amitié survivait à ses manœuvres.

Mais quelque chose en lui s'était cassé, depuis qu'il avait eu raison de son fils. A plusieurs reprises, je l'ai vu se tromper dans ses annonces, se contredire, confondre ses cartes. Ses absences devenaient de plus en plus fréquentes, il en était visiblement conscient, mais personne n'osait rien lui dire. Il s'était engagé publiquement, depuis des lustres, à raccrocher ses gants au lendemain de son soixante-dixième anniversaire, et il ne revenait jamais sur une décision. Même s'il n'opérait plus que les œdèmes cornéens, dont il restait le spécialiste mondial, j'imaginais le nombre de patients qu'il risquait de saboter en deux ans et demi, tous inconscients du danger et prêts à payer n'importe quel prix pour avoir l'honneur et le réconfort de passer entre ses mains. Je l'ai pris à part, un dimanche, au bord de sa piscine ; je lui ai dit qu'il ne bluffait plus personne et que, par respect pour lui-même, il se devait d'arrêter. Il m'a entendue. Il s'est résolu à prendre la mesure qui, pour lui, s'imposait face au déclin de ses facultés. Il a arrêté le poker.

— Je n'irai pas, Franck.

Il sursaute.

— Tu rigoles ? Il a pris sa décision sur un coup de tête, après un malaise, une attaque ou je ne sais quoi : si tu ne sautes pas sur l'occasion il vendra. Tout le monde attend que tu reprennes la clinique en main, tu le sais.

— Je refuse. C'est ta place, pas la mienne.

Le bouchon saute entre ses doigts ; un bruit léger, la bouteille inclinée à soixante-quinze degrés, le geste impeccable.

— Ne revenons pas là-dessus, Nathalie. Je n'ai pas l'étoffe d'un mandarin : je suis un chirurgien honnête, un golfeur moyen, un gestionnaire nul et un amant merveilleux.

Le ton neurasthénique avec lequel il vient d'énoncer ces quatre vérités lui vaut un baiser sur le nez.

— Je ne suis pas d'accord, Franck.

— A quel point de vue ?

Je retire sa main de mon soutien-gorge et lui tends mon verre. Le champagne coule sur mes doigts. On trinque, sans savoir à quoi, sans chercher de prétexte. Assise d'une fesse sur l'accoudoir, je me laisse aller contre son épaule. Comme il me manque, quand il est là... Les premiers temps de notre séparation, il avait gardé les clés ; il venait périodiquement vérifier l'état de mes provisions, les dates limites de mes yaourts, vider puis remplir mon frigo, sortir mon chien, et me raconter au coin du feu ses déboires avec les autres femmes qui, malgré ses efforts méritoires, disait-il, étaient toutes des bûches au lit comparées à moi. Il me demandait à chaque fois où j'en étais moi-même et, quand je répondais « nulle part », il avait l'air sincèrement désolé. Me poussait même dans les bras des « bons coups » notoires de la clinique, pour qu'on soit quittes, ajoutait-il avec pudeur. J'adorais sa manière de garder un pied dans ma vie, d'obéir à ma volonté d'éloignement sans me donner pour autant l'impression que je l'avais perdu, et sa façon de me rassurer sur l'avenir : notre histoire ne pouvait être finie, puisqu'il me disait tout de mes remplaçantes d'un soir et que de mon côté il ne se passait plus rien.

Et puis maman a commencé à se casser de partout, col du fémur, poignet, clavicule : j'ai rendu mon appartement et je suis revenue habiter avec elle cette maison qu'elle louait depuis quarante ans, et que je venais de lui acheter pour qu'elle arrête de me bassiner avec sa peur d'être « mise à la rue » par le propriétaire. Elle avait trouvé normal que je me réinstalle sur les lieux de mon enfance. Elle avait dit : « Comme ça ton chien ne sera pas tout seul. » Et Franck avait cessé de venir.

— Tu me prends ma cataracte, demain matin ? glisse-t-il d'un ton câlin en posant la tête sur mon genou.

— Pourquoi ?

— Parce que je vais te faire l'amour toute la nuit et qu'à neuf heures je n'aurai pas les yeux en face des trous.

Il se presse contre moi et je l'enlace avec le sourire attendri qui déclenche mon désir mieux que toutes ses caresses.

— A une condition.

Il s'écarte, étonné.

— L'amour ?

— La cataracte.

Il se détend. Ses offres de service, à force d'essuyer mes refus, ne sont plus que des politesses un peu machinales, je le sens bien.

— Je te l'échange contre un glaucome. Je serai absente la semaine prochaine : j'ai reporté ce qui peut attendre, mais il faut que tu m'opères en urgence Tina Chamley.

Il se redresse d'un bond.

— Tu es malade ? Papa n'acceptera jamais. C'est la plus grande star que tu lui aies amenée à la clinique : elle est pour toi.

— Elle est prévenue, elle est d'accord.

Il se lève avec brusquerie, manquant me faire tomber de l'accoudoir.

— Moi non ! Je refuse que tu te serves de moi dans tes bras de fer contre mon père.

— Je ne me sers de personne, Franck. Tu es le meilleur de l'équipe, je te demande de me remplacer dans une intervention délicate, c'est tout. Que ce soit un top model célèbre n'entre pas en ligne de compte.

— Sauf que j'aurai les paparazzi à la porte du bloc, on parlera de moi dans les journaux, ça énervera papa et tu seras contente. Ça te mène où, tout ça, Nathalie ? Tu veux me redonner confiance en moi, c'est ça ? Dis-le ! Mais je vais très bien, moi ! J'opère douze cataractes par jour, les doigts dans le nez, c'est passionnant, je viens de m'acheter le nouveau 4×4 de chez Mercedes, où est le problème ?

— Nulle part, Franck... Je pars quelques jours, c'est tout. J'ai besoin de faire le point, de me vider la tête... J'ai le droit, non ?

Il se rassied avec un sourire amer.

— Tu as rencontré quelqu'un, traduit-il.

Je ne démens pas, touchée de sa réaction, de son sursaut d'orgueil, de cette violence si peu fréquente chez lui. Je me contente de répondre que je pars seule. Il en conclut :

— Tu vas le rejoindre. Je peux savoir où ?

— Au Mexique.

— Il s'appelle ?

— Juan Diego.

Il écarte les bras, fataliste, les laisse retomber sur ses genoux. Je le laisse mariner un instant dans sa jalousie, puis je précise en lui tendant le dossier vert :

— Il est mort depuis quatre cent cinquante-deux ans. Jette un œil pendant que je fais chauffer les croques.

Et je quitte le salon en sentant le poids de son regard m'alléger de tout le reste. J'ai une vraie raison de partir, maintenant. Et aucune excuse pour faire marche arrière : je passerai une très bonne nuit et peut-être même avec lui.

J'allume le four et dispose la tôle sur la grille, attentive aux commentaires et borborygmes dont il parsème sa lecture, à côté, de « Qu'est-ce que c'est que ces conneries ? » à « Non mais c'est dingue ». Puis le silence s'installe, rythmé par le bruit des pages qui tournent et le cliquetis des couverts que je remets dans le lave-vaisselle en découvrant qu'ils sont sales. A force de les prélaver à la main, je ne sais jamais en rentrant si j'ai mis ou non la machine en route.

Tandis que j'achève de dresser la table, il vient me rejoindre, une liasse de feuilles à la main, le visage fendu d'un sourire fixe.

— Arrête-moi si j'ai mal compris, là. Tu pars en mission à la demande du Vatican pour examiner les yeux d'un tableau qui fait des miracles ?

Je hoche la tête avec un air penaud, en rectifiant l'alignement de ses couverts.

— Toi la sceptique absolue, toi qui me traites d'arriéré quand je lis mon horoscope ?

— Assieds-toi, c'est cuit.

— Mais tu vas au casse-pipe, Nathalie !

Son ton soudain tragique, là où j'attendais l'éclat de rire libérateur, suspend mon geste au-dessus du four.

— Tu as lu ce qu'il y a dans le rapport des ophtalmos ?

— Non, Franck. C'est en espagnol : je comptais sur toi.

Il s'assied, repousse son assiette, me tire par le bras et traduit nerveusement, en me faisant suivre les mots du bout de l'ongle :

— Dr Rafael Torija, 1956 : « Quand on dirige la lumière de l'ophtalmoscope sur la pupille de l'image de la Vierge, on voit briller sur le cercle externe le même reflet lumineux que sur un œil humain. Et par suite de ce reflet, la pupille s'illumine de façon diffuse en donnant l'impression de relief en creux. »

Il relève la tête pour observer ma réaction. J'avale ma salive.

— Je continue, dit-il d'un ton rageur en tournant les pages. Dr Amado Jorge Kuri, 1975 : « Je confirme l'observation de mes confrères Torroella Bueno et Torija, concernant l'homme barbu dans l'œil droit de la Vierge. Il s'y reflète trois fois : une fois dans le sens normal, la tête en haut, sur la surface de la cornée ; une deuxième fois, inversé, la tête en bas, sur la surface antérieure du cristallin, et une troisième fois, à nouveau en sens normal, sur la surface postérieure... »

La gorge nouée, je serre les doigts sur le poignet de Franck.

— Tu veux dire que le peintre a dessiné le reflet de Purkinje-Samson ?

— Je ne dis rien, moi : c'est eux. Un phénomène optique découvert au XIXe siècle, et qu'un peintre de 1531 a fait figurer sur sa toile. Normal. Jusqu'à présent tout va bien. Là où ça se gâte — enfin, pour toi ; moi je trouve ça génial — c'est qu'en agrandissant deux mille fois au microdensitomètre, on aperçoit d'autres personnages dans les yeux, dont le nommé Juan Diego dépliant sa tunique, et qu'on observe du même coup les reflets de Tscherning, de Vogt et de Hess. Comme si l'auteur du tableau avait voulu donner un cours complet d'ophtalmologie aux étudiants qui naîtraient dans quatre siècles. Bon courage !

Et il me remet les rapports entre les mains. Le plus neutre possible, je lui demande si les experts lui paraissent dignes de foi.

— Je ne les connais pas. En revanche, à partir de 1976, tu as aussi Alvarez, José Ahued, le professeur Graue, directeur de l'Institut mexicain, et Tonsmann, de la Cornell University de New York, qui défilent devant la Vierge et confirment les témoignages. A moins d'un miracle, ajoute-t-il dans un rire qui sonne creux, je vois mal comment tu vas pouvoir les traiter de charlots.

Je me retourne vers la fumée qui s'échappe du four, pose les documents et sors les croques en me brûlant. Ils sont carbonisés, racornis, l'étage supérieur retroussé en pagode. Avec un soupir je les remets dans le four, et m'appuie contre Franck.

— Ça va ? s'inquiète-t-il.

— Ça va.

— Tu pars toujours ?

Je me détache légèrement, lui embrasse le coin des lèvres.

— Tu peux rester, cette nuit, si tu veux.

Il tourne un regard fuyant vers la porte du four.

— Ça serait avec plaisir, tu le sais...

Il plonge ses points de suspension dans mon regard, désolé mais distant. Je complète :

— Mais tu es déjà retenu. C'est une nouvelle ?

Il acquiesce.

— Un décollement de rétine, précise-t-il sur un ton de circonstance atténuante. On l'a opérée ensemble, en janvier, tu te souviens ?

Je me désolidarise en secouant la tête.

— Si, tu sais bien, la chanteuse d'opéra... Kerstyn Bless.

— Ah oui. Jeune.

— Elle est dans *Carmen*, en ce moment, elle termine à minuit.

Je jette un coup d'œil à la pendule, je le renvoie d'une tape sur l'épaule qui passera, je l'espère, pour une bénédiction, et me retrouve à dîner seule en face d'un yaourt à la fraise. J'ignore quelle fierté, quelle gêne ou quel respect motive sa dérobade, mais le prétexte est faux. Il m'a suffi d'ouvrir mon agenda. Quand elle est venue pour sa visite de contrôle, la petite Kerstyn m'a donné un carton d'invitation, et j'ai pointé les soirs où elle chante le rôle de Micaela. Ce soir, ils font relâche.

Je jette mon pot de yaourt, lave la cuillère et monte me brosser les dents. Avant de me déshabiller, j'allume mon ordinateur pour voir si j'ai un e-mail. Et l'imprimante me crache, en provenance du Vatican, la traduction des rapports d'expertise tandis que je me démaquille.

Je n'ai pas voulu prolonger le débat avec Franck, mais les confrères qu'il m'a cités avaient dû fumer de l'encens : comment le rayon lumineux de l'ophtalmoscope, projeté sur une étoffe plate, aurait-il pu remplir un globe oculaire volumétrique et détecter des reflets sur le cercle externe de la pupille ? Autant conclure que l'Indien portait une tunique en 3 D.

Au moment où je vais me coucher, le bébé mitoyen commence à piquer sa crise. Guili-guili de la mère, berceuse tonitruante du père et vacarme de clochettes par-dessus les cris. Symboliquement, je cogne trois fois contre la cloison qu'un simple joint de dilatation sépare de leur mur, en souvenir des « Silence ! » qu'ils beuglaient pendant l'agonie de mon chien. Je hais ces gens. La femme me dit bonjour depuis trois semaines. La vue qui baisse.

Je sors de la table de chevet mon somnifère et mes boules Quies, puis me ravise soudain, attrape le téléphone et compose, à tout hasard, le numéro surligné au feutre sur la carte de l'avocat du diable. S'il répond, à minuit moins le quart, je prends l'avion pour Mexico. Le pile ou face est le seul moyen d'en finir avec mes hésitations, mes élans, mes prétextes et mes remords.

— *Pronto ?*

Il me semble reconnaître sa voix, plutôt enrouée. Je me nomme, lui demande si je le réveille.

— Jamais la nuit. Que puis-je pour vous ?

— J'accepte votre requête.

— Pour quels motifs ?

Les mots redescendent au fond de ma gorge. Il y a presque une réprobation dans sa voix — en tout cas une méfiance. Je me retiens de lui répondre : le bébé d'à côté, le glaucome du top model, le déjeuner de dimanche et le mensonge de l'homme que j'aime. Je laisse tomber :

— Vous avez décroché, monseigneur.

— Je vous demande pardon ?

— Si vous n'aviez pas décroché, je ne partais pas.

Un silence grésille sur la ligne. Au bout de quelques instants, le cardinal Fabiani formule d'une voix glaciale :

— Vous voulez dire que c'est le hasard qui vous motive.

— La curiosité, aussi...

— C'est insuffisant, coupe-t-il. J'attends de votre part une implication personnelle, un cas de conscience, une remise en question, un sentiment de rejet, une rage. Sinon je m'adresse ailleurs. Lisez la page 28 de la traduction que vous venez de recevoir, et si vous ne vous sentez pas concernée, bafouée dans vos certitudes, renvoyez-moi l'ordre de mission.

Il raccroche. Perplexe, je vais sortir les feuilles du panier de l'imprimante. La page 28 concerne les deux prétendus miracles retenus pour la canonisation de Juan Diego. A mi-lecture du premier cas, je me trouve déjà dans l'état souhaité par l'avocat du diable.

Un enfant pêche à la ligne. Il s'envoie l'hameçon dans l'œil. Sa mère l'emmène aussitôt chez un grand spécialiste, qui se déclare impuissant : l'œil est irrémédiablement perdu. Effondrée, elle se précipite à la basilique de la Guadalupe, et implore la tunique : « Toi qu'on va proclamer saint, Juan Diego, je te supplie de faire quelque chose pour mon fils ! » Après quoi elle se rend chez un autre ophtalmo, encore plus réputé, à qui elle demande de tenter tout de même une intervention. Le médecin procède à l'examen et lui déclare qu'il ne comprend pas le but de sa visite : l'opération a parfaitement réussi ; même la cicatrice est un chef-d'œuvre.

Trois jours plus tard, la cicatrice avait disparu, l'enfant voyait à nouveau de ses deux yeux. Et j'ai entre les mains vingt témoignages de médecins affirmant sur l'honneur que non seulement l'opération en question était vouée à l'échec, mais qu'elle n'a jamais eu lieu.

J'essaie de me frayer un passage dans tes pensées, tandis que tu bois de l'alcool au-dessus de la mer en regardant les nuages, mais les petits cachets bleus distraient ton attention, t'empêchent de percevoir ma voix qui cherche à te mettre en garde. Tu n'encours pas de péril imminent et je ne connais pas le futur ; tout ce que je peux capter ce sont des intuitions, des avertissements provenant de toi-même, relayés par ton inconscient, auxquels malheureusement tu accordes si peu d'intérêt.

Sauras-tu un jour, petite Nathalie, avant de quitter ton corps, combien les vivants sont mieux informés que les morts ? Nous ne pouvons nous repérer à travers votre espace, votre temps, votre monde que par le canal de vos pressentiments, qui se mêlent aux pulsions, aux fantasmes, aux souvenirs dans vos images mentales. Vous êtes notre réserve d'avenir, pour autant que ces notions temporelles aient un sens, c'est-à-dire lorsque nous essayons d'entrer en résonance avec vous. Si nous visitons si souvent vos rêves, c'est que nous accédons ainsi à un grenier qui renferme tout ce que nous avons perdu, et nous refaisons provision de ce que vous négligez, en tentant de le partager avec vous.

Je dis « nous », mais c'est un pluriel de confiance.

Depuis mon trépas, Dieu m'en soit témoin, je n'ai pu nouer aucune relation avec les autres esprits désincarnés. Maria Lucia ne s'est jamais manifestée. Quant aux personnages avec qui j'habite le regard de la Vierge, ils n'ont pas plus d'existence effective que les visages immortalisés sur vos photos. Même l'évêque de Mexico, agenouillé en larmes devant moi, ce Zumarraga avec qui j'ai passé dix-sept ans, que je voyais tous les matins et qui m'administrait l'eucharistie trois fois par semaine, n'est plus qu'une image vide. Parti quelques jours après moi, il ne m'a jamais donné signe de survie, n'est jamais venu visiter mes limbes. Monté sans doute directement au ciel par l'entrée des fournisseurs, il s'est désintéressé du sort que je lui dois.

Quoi qu'il en soit, Nathalie, le lien pour l'instant si ténu entre nous deux ne me permet pas encore de m'exprimer, autrement que par cette intrusion informatique à laquelle tu as si mal réagi. Et j'en suis bien triste. Je voudrais te mettre en garde contre les pensées négatives que tu projettes et qui t'attendent là-bas. J'ai tant besoin de toi, en pleine possession de ton intelligence, ton énergie, tes défenses naturelles. Je ne voudrais pas que tu arrives affaiblie à notre rendez-vous. Mais peut-être le faut-il. Les voies du Seigneur, je suis bien placé pour le savoir, sont aussi tortueuses et mal pavées que le hasard auquel parfois elles se substituent.

Voilà qu'une silhouette qui me ressemble vaguement prend forme dans ton esprit somnolent, promenée sur les nuages qui frôlent le hublot. C'est drôle que tu me voies si jeune... J'avais déjà cinquante-sept ans, tu sais, petite sœur d'outre-monde, lorsque la Providence s'est abattue sur moi pour mon malheur. Et ce n'est qu'à soixante-quatorze ans que je me suis éteint, bien que l'expression dans mon cas n'ait hélas aucun sens.

Mais rien n'avait changé ma nature durant mon long séjour sur terre : l'enfant que j'étais, serein, mesuré, obstiné, fidèle, s'est conservé sans se renier dans ce vieillard confit qu'assiégeaient malades et miséreux. Le témoin malgré lui, le porteur du miracle, l'instrument de la volonté divine, l'« homme de la Vierge », logé, nourri, promené le dimanche comme un saint-sacrement, et qui saluait la foule implorante avec bien plus de résignation que d'orgueil... De par la surdité qui était venue adoucir mes dernières années, les grâces qu'on me prêtait se répandaient autour de moi à mon insu ; malheureusement ce n'est plus le cas : la mort m'a rendu l'ouïe et je subis, stoïque, les millions de prières auxquelles je n'ai pas les moyens de répondre.

Je ne sais toujours pas pourquoi la Vierge me conserve dans ses yeux. En revanche je sais ce que j'attends de toi, Nathalie, ce que j'espère et ce que je crains. Notre rencontre va te faire du mal, c'est probable. Et j'ignore si ce sera pour ton bien. Mais c'est toi qui as le pouvoir de me libérer ; j'ai tant besoin de le croire.

Une seule compagnie au monde offre encore des vols fumeurs ; il fallait que je tombe dessus. Sortie la première, la gorge en feu, une barre dans le crâne et l'estomac tordu par les piments d'Aeromexico, je piétine depuis cinq minutes derrière une ligne jaune en attendant que les quatre policiers veuillent bien ouvrir leurs guérites. Quand ils ont fini leur petit ménage et que l'un d'eux me fait signe d'avancer, un coup d'œil à mon passeport lui suffit pour me refouler, du geste machinal avec lequel on chasse un moustique. J'essaie de protester, en vain : il appelle la mammy siliconée qui s'impatiente derrière moi et m'indique la direction d'où je viens. Sous les regards non concernés des passagers en règle, je remonte le labyrinthe de barrières métalliques désigné par la pancarte *Mexicanos* que je n'avais pas remarquée. Ma priorité de classe affaires n'aura servi à rien : je me retrouve derrière cinquante zombies mal lunés qui entre-temps se sont agglutinés devant le guichet unique réservé aux étrangers.

Quand enfin c'est mon tour de comparaître devant le comateux verdâtre qui mâchonne un capuchon, le front dans la main, je subis une litanie de questions lentes dont je cherche en vain la signification dans mon dictionnaire de poche, tandis qu'il vérifie un par un mes visas depuis dix ans. Brusquement il renonce à me trouver suspecte, sans raison apparente ; il tamponne mon passeport avec une virilité disproportionnée et me le restitue en s'humectant les lèvres avec un regard en dessous. Je sens que je vais aimer ce pays.

A la livraison des bagages m'attend la bonne surprise suivante : la valise en toile que j'avais bourrée d'eau minérale et de plats bio sous vide pour éviter la gastronomie locale tourne sur le tapis roulant, éventrée, bouteilles percées et sachets de cuisson déchiquetés parmi quelques tronçons de carottes et des grains de riz. J'entasse les décombres sur le chariot, fonce au contrôle de la douane pour réclamer un responsable en désignant le sinistre. Et c'est moi qu'on arrête. Deux gorilles me saisissent par les coudes pendant qu'un troisième commence à me gueuler au visage, le doigt pointé sous mon menton. Je lui demande en anglais ce qui se passe et il continue en espagnol, trois tons au-dessus, comme si j'allais mieux comprendre.

Après un échange d'invectives sans issue, une main se pose sur l'un des poings qui m'étreignent, et une espèce de Superman Junior à costume gris, lunettes rondes et bouclette en virgule sur le front me déclare que tout va bien avec un sourire inquiet, puis commence à cribler mes tortionnaires de questions dans leur langue. Sans baisser le volume, les douaniers lui répondent en montrant les ruines de ma valise. Superman Junior s'assombrit, et me conseille de garder mon calme pour ne pas aggraver mon cas. Je m'insurge, mais il m'explique la situation en deux phrases : ma valise a été ouverte par les chiens antidrogue, ce qui sous-entend que j'en transportais. Après trois secondes de stupeur, je riposte que ce serait aussi débile que de vouloir introduire des cigares à Cuba. Il essaie de tillons de sortie où un chauffeur brandit son nom sur une ardoise. Une bizarre nostalgie me laisse un instant figée sur place, abandonnée dans cette salle lugubre au jaune pisseux. Je me reprends, vais récupérer ma valise de vêtements. Mon matériel d'examen arrive cinq minutes plus tard, enveloppé de mousse dans la petite mallette en fer antichoc que m'a offerte mon père le jour de mes dix-huit ans. Il avait couvert des douzaines de guerres avec elle, y trimbalant ses appareils photo dans tous les points chauds de la planète. Ma majorité coïncidait avec sa mise à la retraite. Depuis qu'il m'a fait ce cadeau, nous ne sommes plus l'un pour l'autre que des étrangers courtois, bornant leurs rapports à des questions de santé et de plongée sous-marine. La blonde spectaculaire auprès de qui il tente d'oublier son âge a parfaitement su l'éloigner de moi, il en est à son quatrième infarctus et il en parle fièrement, comme d'un gage de résistance. Quand je lui ai téléphoné pour lui annoncer que maman était morte, il m'a répondu en soupirant : « Que veux-tu que j'y fasse ? » Un peu cueillie, je lui ai demandé, comme elle n'avait pas laissé d'instructions, s'il préférait qu'on l'inhume ou bien qu'on l'incinère. Il m'a répliqué que ça ne le regardait pas. Autrement dit : elle m'a ratiboisé de son vivant avec sa pension alimentaire, je ne lui donnerai pas un centime de plus à titre posthume. Je me suis occupée de tout. Il n'est même pas venu au cimetière. Il s'est fait représenter par un bouquet de fleurs avec sa carte de visite, pour que les gens n'aillent pas dire. Puis il a consommé son deuil en épousant à l'église, maintenant qu'il était libre aux yeux du bon Dieu, sa pétasse blonde quinze ans après leur mariage civil. Et on voudrait que les catholiques m'inspirent confiance.

Je rassemble mes affaires sur un chariot dont les roulettes affligées de strabisme me font tirer des bords en diagonale, franchis la douane dans un silence de compromis et cherche mon nom sur les pancartes. Contrairement à ce qu'indiquait l'agence de voyages du Vatican dans le programme des réjouissances, personne ne m'attend. Une meute excitée agitant des drapeaux mexicains et des tee-shirts numérotés me bouscule soudain, pour se jeter en hurlant sur un moustachu à verres fumés, protégé par des gardes du corps, qui signe trois maillots d'un air exténué et s'en va la tête basse, sous la clameur déçue des supporters.

Au bout d'un couloir interminable à la chaleur brassée de loin en loin par un ventilateur à pales, je débouche sur un parking semi-couvert où des cars manœuvrent au milieu des taxis. Près de la rampe de sortie, je reconnais mon négociateur de tout à l'heure, en train de monter dans un minibus avec un groupe de congressistes. Il se retourne pour jeter un œil dans ma direction, sans me voir. J'arrête mon chariot un instant pour me reposer du bruit des roulettes. Il n'y a que des Coccinelle, à la station de taxis. Les indémodables Volkswagen toujours en production dans ce pays, disait le magazine d'Aeromexico — mais celles-ci datent au moins des années soixante, rouillées, bosselées, rafistolées à coups de peinture vert pomme et jaune canari. En pole position, un gominé à médaille d'or et poils frisés m'invite du menton à grimper dans sa guimbarde avec un air prometteur. Poussant le chariot sur la chaussée défoncée, je remonte la file des machos bicolores en répondant non de la tête, jusqu'à une grosse dame à lunettes d'hypermétrope qui m'ouvre la portière de l'intérieur avec une moue solidaire. En plus, elle parle anglais. Je dépose ma valise sur les rails du siège passager, démonté pour faire de la place, et me contorsionne jusqu'à la banquette arrière. On démarre dans un bruit d'essoreuse à salade.

Elle me dit bienvenue au Mexique, tout en abaissant le loquet des portières. Je lui dis que ce n'est pas très pratique, un taxi à deux portes. Elle me répond que c'est plus prudent : le client risque moins de se faire kidnapper aux feux rouges.

Harcelée par un ressort qui a troué le coussin sous le plaid verdâtre, je ripe vers la gauche pour me retrouver coincée derrière le dossier reculé à l'extrême par la corpulence de la dame. Je lui donne l'adresse de mon hôtel. Elle me répond qu'elle s'appelle Silvia et que j'ai des jolis cheveux. Je la remercie. Avec un sourire fixe dans le rétroviseur, elle attend que je me présente. Pour qu'elle regarde la route, je lui dis que je me nomme Nathalie et que les cheveux repoussent toujours plus dru après une chimio. Son anglais n'allant pas jusque-là, elle s'exclame que c'est un joli prénom.

Dans les bidonvilles aux couleurs fluo qui entourent l'aéroport, la plupart des voitures ont le capot levé et les hommes affalés sur des pliants adressent à ma conductrice des gestes amicaux du bout de leur bouteille de bière. Moi j'ai droit à des effets de sourcils, de langue ou de petit doigt pour me souhaiter la bienvenue.

— Par contre il y a beaucoup moins de viols qu'on dit, reprend Silvia d'une voix rassurante, après deux ou trois kilomètres de silence.

A chaque carrefour, elle change de lunettes pour compulser un plan des rues ventru comme un annuaire. De déviations en rocades, nous débouchons sur une autoroute urbaine bordée de petits immeubles surmontés d'affiches géantes ; sourires de requins, faciès honnêtes à col fermé et familles soudées, cheveux au vent, dans un bonheur électoral. La seule femme candidate a un problème de colle : elle pendouille au vent, de cadre en cadre, visage en berne et slogan déformé par les cloques. Des grues sans chantier alternent avec des constructions à l'abandon, entre les acacias déplumés et les jacarandas en fleur. Les yeux me piquent et mon nez commence à saigner. Silvia me dit que c'est normal, à deux mille trois cents mètres : les étrangers mettent toujours une semaine à s'habituer. J'acquiesce. Le magazine d'Aeromexico m'a déjà prévenue : dans la ville la plus polluée du monde, on ne parle pas de pollution, mais d'altitude.

Trois chapelets tintent à chaque secousse, accrochés au rétroviseur. Collé sur la boîte à gants, un chromo délavé représente Juan Diego déroulant sa tunique illustrée sous les yeux larmoyants d'un évêque à genoux. Pour avoir le son de cloche local, je demande à Silvia qui est ce personnage. Elle me répond d'un signe de croix, met son clignotant, puis me raconte les actions de grâces, les apparitions divines et les prodiges qui jalonnent la carrière de celui qu'elle appelle déjà « San Dieguito ». Attentive à son reflet dans le rétro, je pose une question sur l'enfant à l'œil harponné dont la guérison est portée au compte du canonisé en puissance. Silvia ne le connaît pas ; en revanche elle est très amie avec Chiquita Gonzalez, qui a fait disparaître son ulcère à l'estomac grâce à la médaille de Dieguito. Sans parler de leur collègue Antonio Partugas, qui a rencontré un ovni sur la route d'Orizaba, et qui a prié si fort Dieguito que les extraterrestres ont renoncé à l'enlever.

Je cherche en vain une trace de malice dans sa voix. Après tout ce que j'ai lu sur le Mexique depuis quatre jours, je m'attendais à des sentiments religieux exacerbés, mais quand même pas à cette superstition tous azimuts. Avec un accent de piété complaisante, je me permets de glisser un bémol :

— Mais tous ces miracles, Silvia, c'est peut-être

simplement la Vierge Marie qui les accomplit, non ? Pourquoi vous adresser à Juan Diego ?

Dans une logique imparable, elle me réplique que si Notre-Dame l'a choisi comme intermédiaire, c'est la moindre des choses que les Mexicains fassent de même. Puis elle passe la tête par sa portière et se met à engueuler pour une raison que j'ignore la Coccinelle jumelle qu'elle vient de doubler. Après deux avenues d'invectives roue contre roue, elle remonte sa glace pour clore l'entretien et me demande à qui je me suis adressée, moi, pour guérir mon cancer. Très étonnée qu'elle ait décrypté mon allusion de tout à l'heure, je balbutie que ce n'était qu'une ombre au poumon droit, décelée à temps, et que les médecins m'ont tirée d'affaire.

— C'est ce qu'ils disent, répond-elle d'un air entendu en prenant à témoin le Juan Diego de la boîte à gants. Le jour où ils reconnaîtront qu'ils ne savent pas pourquoi un cancer disparaît, ils n'auront plus qu'à fermer boutique.

Les embouteillages nous font rouler au pas dans une touffeur moite qui colle mon chemisier au plastique du dossier. Je regarde l'heure, vérifie mon programme, lui dis que finalement je passerai à l'hôtel ensuite : j'ai peur d'arriver en retard à mon rendez-vous. Je lui tends l'adresse du Centro de Estudios Guadalupanos, au numéro 133 d'une avenue Talara. Elle reprend son plan, secoue la tête, me rend le papier et me dit, en désignant mes bagages, qu'il vaut mieux passer à l'hôtel d'abord.

La gigantesque avenue sur laquelle on roule pare-chocs contre pare-chocs se dégage soudain, après le carrefour où un mécontent descendu de son semi-remorque gesticule en accusant du doigt un corps recouvert par une bâche.

— C'est la Loi du camionneur, explique Silvia. S'il

blesse un piéton, toute sa vie il lui versera une pension. S'il recule pour l'achever, ça sera une simple amende.

Je m'abstiens d'attaquer la logique qui paraît leur servir de sens moral. J'ai passé deux ans d'internat à l'hôpital de Bamako ; je devrais être blindée — mais là-bas la violence restait absurde. Je serai toujours moins indignée par l'horreur d'un crime que par les justifications qu'on lui trouve.

Dans un bruit de castagnettes, la Coccinelle accélère pour franchir un feu rouge. Une ambulance et deux camions nous évitent en klaxonnant. Ballottée entre la nausée et l'angoisse, je me concentre sur le bienheureux de la boîte à gants.

— Vous lui demandez qu'on arrive à l'heure ? me sourit Silvia.

— Je lui demande qu'on arrive entières.

— Je n'ai jamais eu d'accident en douze ans de taxi, m'assure-t-elle en embrassant son index avant de l'appuyer affectueusement sur le bonnet de Juan Diego.

Nous entrons dans le Centro histórico, un fouillis de maisons coloniales, d'églises en loques et d'immeubles gris qui se soutiennent les uns les autres, étayés de-ci de-là par des poutrelles rouillées. Sur des panneaux illustrés, le passant est invité à marcher au milieu de la chaussée pendant les tremblements de terre. Un labyrinthe de ruelles nous amène sur une grande place où un policier barre la route, nous empêchant de tourner à droite. Silvia sort la tête et le bras pour parlementer, monte le ton, me désigne. Il reste de marbre, le pouce continuant de s'agiter en indiquant la gauche. Elle rentre la tête, me demande cinquante pesos. Je soupire et lui tends un billet d'un air résigné. Elle le glisse dans la main du policier qui nous laisse passer, et redémarre sur les chapeaux de roues pour s'arrêter vingt mètres plus loin, au coin de l'avenue où se trouve l'entrée de l'hôtel. Je lui fais observer que j'aurais pu économiser cinquante pesos. Elle me répond gentiment qu'ils sont si mal payés, dans la police : il faut bien qu'ils gagnent leur vie.

— Prenez votre temps, je vous attends.

— On sera dans un quart d'heure au Centre d'études ?

— Si Dieguito veut, promet-elle avec un bon sourire qui désamorce les problèmes. Et sinon, ils attendront. Vous savez, chacun vit à son rythme, au Mexique. Les horaires, c'est comme la météo. C'est juste pour donner une idée.

Sous le store en lambeaux du Gran Hotel Ciudad de Mexico, un portier décrépit à l'uniforme bleuâtre me regarde sortir mes bagages, puis siffle un groom aussi âgé que lui qui s'approche avec un diable, soulève ma valise en grimaçant. Je l'aide et il s'engouffre dans un couloir de service, tandis que son collègue me désigne fièrement les marches en marbre sous la porte à tambour.

J'arrive dans un hall immense et désert, éclairé par une verrière surplombant quatre étages de galeries. Le sol est partagé en deux zones : à gauche une moquette bordeaux constellée de taches, à droite une dalle de ciment nu en attente d'un nouveau revêtement. Je me dirige vers la réception où un aspirateur abandonné déroule son tuyau. Personne. Une sonnette de cuivre à bouton nacré trône sur le comptoir. J'y donne un coup de poing, comme dans les westerns. Une porte s'ouvre, un concierge accourt en boitant, me demande si je veux un taxi. Je lui explique que non : je ne pars pas, j'arrive. Il me regarde d'un air déçu, vaguement réprobateur, plie le bon de réservation que je lui tends, me dit de ne pas bouger et tourne les talons en refermant la porte dans son dos.

Je vérifie l'heure sur la pendule murale qui retarde, prends mon mal en patience, arpente le hall en contemplant la verrière. Je n'ai jamais vu d'aussi beaux vitraux. J'en ramasse un bout, tombé dans le bac d'une plante jaune. D'autres gisent parmi les mégots dans les cendriers de sable. Un grenat profond, un vert absinthe, un bleu piscine délimité par un filet d'or... Cet hôtel devait être une merveille au siècle dernier. Deux cages d'ascenseur monumentales en volutes de fer forgé se font face, de part et d'autre des balcons à l'ovale ouvragé qui évoquent un théâtre sans scène.

Sorti d'un monte-charge plus récent qui détruit l'harmonie d'une alcôve, le vieux groom pousse son diable jusqu'au vestiaire, y dépose mes bagages. Je relève les yeux vers la toiture où se répercute un bruit de perceuse. Une silhouette s'affaire à l'extérieur, entre les trois coupoles en mosaïque de verre turquoise. Des gouttes s'écrasent sur le ciment, près d'un canapé défoncé où m'observe, derrière son journal, un grand maigre à cigare que je n'avais pas remarqué. Croisant mon regard, il replie ses feuilles avec soin, se lève, boutonne son veston vert-de-gris et s'avance vers moi, une main dans la poche. Arrivé à ma hauteur, il en sort une carte de visite qu'il me tend, lèvres closes, en me saluant d'un coup de paupières.

ROBERTO CARDENAS

Instituto mexiquense de Cultura
Dirección del Patrimonio

Je relève la tête, trouve dans ses yeux froids, en écho à sa fonction, une mise en garde tacite qui me noue la gorge. La même impression de malaise que lorsque le cardinal Fabiani m'a laissé entendre que les services spéciaux du Vatican avaient mené sur moi une enquête approfondie. Je n'en reviens pas que les autorités mexicaines soient déjà au courant de ma présence, et de la nature de ma mission.

Le fonctionnaire de la Culture prononce d'une voix sobre une phrase que je lui fais répéter trois fois, tandis que je compulse mon dictionnaire pour lui donner un sens. En gros, il m'invite à retourner sa carte : une heure et une adresse sont inscrites à la main au verso.

— *Mañana*, précise-t-il d'un ton poli mais ferme.

Je lui demande la raison de cette convocation. Il reste immobile, sans un mot, comme si c'était lui qui attendait une réponse de ma part. Brusquement une lueur timide dans son regard, assortie d'une légère inclinaison du buste, me fait envisager la situation sous un autre angle. Sa démarche n'est pas forcément une tentative d'intimidation, pour que je laisse canoniser en paix le fleuron de leur patrimoine. J'ouvre mon porte-monnaie, y glisse sa carte de visite et, nonchalamment, j'en tire à demi un billet de cent pesos, tout en jaugeant sa réaction pour éviter de commettre un impair. Il acquiesce avec gravité, sort de sa poche une liasse et la fourre dans mon porte-monnaie.

Je ne comprends pas. C'est lui qui m'achète ? Je les dérange tellement, l'expertise que je viens effectuer les inquiète à ce point ? Je vais pour refuser le bakchich, et puis je me dis que c'est peut-être dangereux. Si les fonctionnaires de la Culture ont recours à la corruption pour défendre leurs trésors nationaux, ils peuvent tout aussi bien me faire attaquer dans la rue. Le naturel parfait avec lequel on vient de me soudoyer laisse clairement entendre que l'achat d'experts est ici monnaie courante. Je m'explique mieux, à présent, l'unanimité des rapports scientifiques sur la tunique de Juan Diego.

68

Dans le souci de reprendre l'avantage, je ressors la liasse et entreprends de compter les billets. Puis je vérifie un mot dans mon dictionnaire, invite l'homme à me suivre jusqu'à la réception et m'appuie sur le comptoir pour rédiger un reçu. Il me regarde faire, désarçonné, lit par-dessus mon épaule :

Recibido desde el señor Roberto Cadenas :
1 000 pesos.

J'appose ma signature et lui tends le stylo. Sa perplexité vaut le détour. Mais apparemment elle n'est pas due à une faute de syntaxe, ni à la gêne de voir officialiser son dessous-de-table, puisqu'il finit par me sourire d'un air bravache en apposant son paraphe au bas de la feuille. Comme si ça l'excitait de se compromettre — à moins qu'il veuille simplement me signifier par là qu'il est au-dessus des lois, en plein accord avec sa hiérarchie, et que la seule personne que ce document peut mettre dans l'embarras, c'est moi.

Je griffonne et signe une copie du reçu, la lui donne ; il l'empoche et me tapote l'épaule en témoignage de connivence, sans que je puisse savoir si mon initiative relève à ses yeux de la provocation ou de la méconnaissance des usages locaux.

Il va récupérer son journal et se dirige vers la porte à tambour. Dès qu'il est sorti, le concierge réapparaît pour m'informer sèchement que ma chambre n'est pas prête, comme si c'était de ma faute. Je pousse vers lui la liasse de pesos abandonnée sur le comptoir, afin qu'il veille sur mes bagages jusqu'à mon retour ; il me remercie d'un claquement de talons et je quitte ce mouroir avec des sentiments partagés. C'est la première fois, depuis ma période africaine, que je retrouve cette impression d'hostilité sournoise et l'excitation qui en découle. Mais à l'époque, dans les hôpitaux de brousse, je risquais ma vie pour une bonne cause et une réelle urgence. Il n'y a pas vraiment lieu d'être fière d'avoir feint par prudence d'accepter un pot-de-vin.

— Talara ? me lance Silvia entre deux bouchées d'un sandwich énorme d'où s'échappent des choses.

Je reprends ma place à l'arrière. Elle redémarre son essoreuse et nous nous réinsérons dans la pollution qui bouchonne vers le nord.

— Ce n'est pas un endroit pour touristes. Qu'est-ce que vous allez faire au Centre d'études ?

Je réponds que je suis journaliste et que je prépare un article sur la Vierge.

— Ne parlez pas d'Antonio Partugas ! dit-elle vivement. Ou alors changez son nom : sa femme ne sait pas qu'il a vu un ovni.

— Comptez sur moi.

Quarante minutes après l'heure de mon rendez-vous, elle m'arrête dans un quartier résidentiel où des jeunes font le guet sous les eucalyptus, adossés aux grilles de villas cadenassées. Le numéro 133 est une maison à deux étages, volets fermés, porte close, boîte aux lettres débordant de journaux. La plaque « Centro de Estudios Guadalupanos » n'indique pas les heures d'ouverture. Je sonne à plusieurs reprises, puis remonte en voiture.

— On les attend un peu ? propose timidement Silvia.

Je lui souris, pour montrer que je prends le pli du pays, que je m'acclimate. Elle paraît heureuse de me voir un peu moins stressée, sans comprendre que pour moi c'est une perte de repère. Je ne pars jamais en vacances et une heure qui se libère dans mon emploi du temps est toujours une source d'angoisse. Je ne suis efficace, bien dans ma peau et concernée par les

70

autres que lorsque je suis débordée. Les abîmes d'indifférence et d'à-quoi-bon où je plonge à mes moments perdus me font peur. Et j'ai de plus en plus de mal, ensuite, à remonter à la surface.

— C'est loin, la basilique ?

— En distance, non.

Des centaines de parasols abritent les marchands de souvenirs et les vendeurs de beignets, sur l'esplanade immense au bout de laquelle se dressent, baroques et murées, les églises successives qu'on a condamnées à mesure qu'elles devenaient trop petites ou trop dangereuses. Des panneaux trilingues apposés sur les murs d'enceinte, parmi les interdictions de stationner, rappellent au bon souvenir du ciel les pèlerins victimes des derniers tremblements de terre.

Un policier m'arrache du taxi où je rangeais ma monnaie, grimpe à ma place, lance des ordres. Silvia tourne vers moi une mimique navrée, me cligne de l'œil et redémarre. Je me faufile parmi les cars alignés devant la « Nueva basílica », un genre de stade couvert en béton parasismique, au toit style sombrero surmonté d'une croix plantée dans un M.

Sifflets, rassemblements des groupes au mégaphone, odeurs d'encens et de saucisses grillées... Des barrières mobiles canalisent les files d'attente en les faisant sinuer façon Disneyland. Couverts d'un dessin sans légende, des poteaux indicateurs scindent la foule en deux catégories : bonhomme à genoux et appareil photo. Je me glisse dans la queue de la deuxième classe, où les touristes avancent au compte-gouttes sur un plan incliné vers une entrée souterraine, pendant que les pèlerins patientent devant des portes à double battant gardées par des vigiles.

Sous la voûte en béton, nous serpentons au pas dans

une lumière blafarde, sur un dallage en granit usé par des millions de piétinements, posé depuis moins de trente ans et déjà lustré comme une voie romaine. Tandis que le froid monte à mesure qu'on s'enfonce, une voix angélique psalmodie en sourdine, sur fond d'orgue, des consignes de sécurité et des interdictions diverses. L'air se raréfie, l'éclairage baisse, le silence s'installe. Et soudain le couloir incurvé débouche au pied d'une paroi en bois et cuivre où l'image sous verre est suspendue à dix mètres du sol. Pour éviter que les photographes et les caméscopeurs ne provoquent trop d'embouteillages, trois tapis roulants les font passer sous la *tilma* et un quatrième les ramène à leur point de départ. Ils tournent en rond, l'œil dans leur viseur, trébuchent à l'arrivée, se foulent la cheville et demandent à Juan Diego de les guérir au passage suivant.

Consternée, je regarde cette ferveur machinale et puérile, cette circulation giratoire de zooms, jumelles et flashes, ces shorts flottants, ces cuisses variqueuses, ces mollets poilus, ces bides en avant et ces signes de croix ponctuant les prises de vue. Et puis je me retrouve à mon tour sur le trottoir mécanique, lève la tête vers la Vierge en prière, et je laisse échapper un juron. Elle a les yeux fermés ! On me fait venir au Mexique avec mon ophtalmoscope pour expertiser le regard d'une madone aux *paupières closes* ! Mais de qui on se fout ? Qu'est-ce qu'ils attendent de moi, que je gratte la peinture pour examiner ses yeux ?

Mon talon bute contre le seuil d'arrivée, je me rattrape à l'épaule d'un type en larmes, lui demande pardon. Il me serre les mains dans un débordement de gratitude, me prend à témoin de l'état de sa jambe gauche. Je le félicite et lui emprunte ses jumelles pour repasser sous le cadre. Je manœuvre les molettes, avance sur le visage. En fait les paupières laissent filtrer quelques millimètres de regard, sous le reflet des spots. Mais la trame est lâche, les couleurs passées et rien n'émane de ces yeux mi-clos. Aucune expression particulière, aucun charisme, aucune intensité gênante. Une douceur peinte, c'est tout. Une madone banale comme on en voit partout, les mains jointes, la tête inclinée sous un manteau turquoise semé d'étoiles. Je rends les jumelles à leur propriétaire. Je ne sais pas si je suis rassurée ou déçue.

Les panneaux dessinés indiquent trois sorties, au choix : la prière, les souvenirs et l'incendie. Par curiosité je me dirige vers la première, le long d'une allée qui monte en pente douce. Et là j'ai un vrai choc. Je me retrouve sous un immense tipi de béton et bois, les voûtes grises affinées par des lattis clairs où pendent tous les drapeaux de la terre. La *tilma* surplombe l'autel désert qui se dresse à dix mètres de la paroi cuivrée, sans que rien ne laisse soupçonner la foule des preneurs de vue qui tourne en bas dans le puits de lumière.

Une messe enregistrée est en cours de célébration et des milliers de personnes figées répondent aux prières des haut-parleurs, chantent dans leur langue. D'autres arrivent à genoux en brandissant leurs paumes, depuis l'esplanade d'où monte à chaque ouverture de porte la rumeur des marchandages. Et, au milieu de ce capharnaüm paisible, une émotion bizarre m'étreint. Comme une légèreté venue d'ailleurs, qui me tire les larmes sans que je comprenne pourquoi. Probablement la fatigue, le manque d'oxygène ou les piments d'Aeromexico qui me torturent à intervalles réguliers. Mais voilà que, fixant le cadre en verre et la Sainte Vierge nunuche entourée de ses rayons dorés, je me surprends à parler à voix basse, à remercier je ne sais qui pour ma guérison, ma rémission ou mon sursis, et je demande pardon de n'en avoir rien fait, de n'avoir pas changé ni profité de la chance ou de l'avertissement ; je dis aidez-moi à y voir clair, à tirer parti du supplément de vie que vous m'avez accordé, qui que vous soyez, mes confrères, Dieu, mon corps, ma volonté, mon chien, ma mère ou mon homme. Et voilà que je ferme les yeux, que j'unis ma détresse à cette émotion collective qui a déteint sur ma fatigue, mon agacement, mes refus et mes doutes. Et quelque chose de neuf se glisse en moi, mélange de force et d'harmonie ; j'accueille la gratitude et les supplications des milliers d'inconnus qui m'entourent ; j'ai brusquement tous les âges, tous les espoirs, toutes les déroutes et toutes les maladies, je communie dans la sincérité de l'élan qui amène tous ces humains devant un bout de tissu vieux de quatre siècles. Mais rien n'est surnaturel ni religieux dans l'émotion qui me chavire ; je reçois les retombées de toutes ces ondes convergeant vers le cadre en verre, c'est tout. C'est mon histoire et c'est la leur, c'est une rencontre, un échange, un lieu commun. Et moi la solitaire, l'agoraphobe, je m'abandonne au charme, à la douleur, à la douceur, la plénitude où s'insinuent ces voix discordantes, ces chants du monde, ces drames et ces joies intérieures.

Vacillant, je ressors à l'air libre, remonte les allées parmi les centaines de Vierges en posters, en tapis, serviettes de bain, sucettes, bougies, pains d'épice et lampes de chevet, dans la fumée des grillades ; je pousse les gens, me laisse bousculer, slalome jusqu'au mont Tepeyac que des escaliers gravissent dans une végétation peignée. Je marche comme une automate, j'entame l'ascension de ce paysage qui certainement n'a plus rien à voir avec la colline des apparitions ; j'essaie d'effacer la foule, les parterres de roses, les cornets de glaces et les canettes, les palmiers, les statues ringardes à côté de la cascade, les boutiques franchisées et la rumeur de la capitale asphyxiée dans la brume ; j'essaie de mettre mes pas dans ceux du petit Indien de 1531 et je me demande s'il doutait, lui aussi, avant d'avoir *vu*, ou s'il n'a reçu que la confirmation de sa foi, la monnaie de ses prières.

Sur la grille d'un cimetière en terrasses est fixée une plaque de marbre :

El panteón es civil.
Aquí no se encuentra Juan Diego.

L'avertissement me fait sourire, avant même d'en avoir vérifié le sens.

C'est sûr qu'on ne me rencontre pas, ni dans les alignements impeccables de ce joli cimetière sans âme qui vive, ni dans ces boutiques de beignets, pellicules et médailles pieuses, ni dans cette luxueuse roseraie pour cartes postales, ni devant cette source artificielle avec ses petits rochers bien lisses où les gogos viennent remplir des jerricans d'eau miraculeuse, le seul miracle étant qu'elle n'ait encore empoisonné personne.

Pour suivre mes pas, Nathalie, il faudrait que tu fermes les yeux, que tu te bouches les oreilles et le nez, que tu imagines Mexico bâtie sur une île au milieu d'un lac aujourd'hui asséché ; quatre chemins faits de digues et de ponts la rattachaient à la terre ferme, dont l'un passait par Tepeyac, ce petit mont pelé où ne poussaient que des cailloux, des ronces et un seul arbre.

Assieds-toi sur ce banc, voilà, dans l'ombre de ce quetzhincal qui était déjà là quand j'étais jeune. Vingt fois il fut coupé et repartit de la souche, obstiné, maigrelet, disgracieux. C'était l'Arbre du sacrifice, l'Arbre de la fécondité où les couples venaient demander à Tonantzin, la déesse mère au collier de crânes et mains coupées, de leur accorder au moins deux enfants : un pour eux, un pour elle ; un pour assurer la descendance et partager le travail, un pour donner au soleil la force de se lever matin.

C'est là que Maria Lucia et moi connûmes nos corps la première fois, pour respecter la tradition, mais l'arbre devait être distrait. Il resta sourd à nos prières ou refusa notre vœu pour notre bien. Qui sait ce que la venue d'un enfant aurait changé dans notre amour ? Maria Lucia garda sa silhouette de jeune fille jusqu'à la fin, et nous fûmes toujours l'un pour l'autre, tour à tour, le parent et l'enfant. Et puis les Espagnols coupèrent l'Arbre de la superstition, mais le laissèrent repousser. Il dépassait déjà six mètres quand nous eûmes sous ses branches notre dernier plaisir. Plus tard ce furent des paysans qui l'abattirent, puis des révolutionnaires, puis des paysagistes. Aujourd'hui il meurt doucement sous les pluies d'essence, les graffitis gravés dans son écorce et les chewing-gums l'empêchant de respirer. Ou bien il fait semblant de mourir pour qu'on le coupe et qu'il renaisse. Mais plus personne ne vient s'aimer dans son ombre.

Reste assise un moment sur ce banc, prends ton temps, Nathalie, pour te glisser dans le mien. Imagine mes ascensions quotidiennes, imagine les apparitions de la Vierge et le buisson de roses jailli des ronces, imagine la construction de la chapelle que m'avait demandée la Reine du Ciel — non, ici, à ta gauche, vingt mètres plus haut, à la place du marchand de glaces. En deux semaines elle fut terminée. Le 26 décembre, on mit la Sainte Image dans un cadre et une procession menée par l'évêque Zumarraga rassembla tout-puissants et moins-que-rien, colons et indigènes, convertis et relaps, catholiques fervents et adorateurs clandestins des dieux aztèques, chacun prenant à son compte les symboles imprégnés dans mon vêtement, chacun entendant la voix de sa religion dans le double langage du ciel.

Toute la population de Mexico accompagna ma tunique dans sa nouvelle demeure. Ils étaient des milliers sur le chemin de gué menant à Tepeyac, et des centaines sur l'eau tout autour, en canoë. Certains bandaient leur arc vers le soleil en signe de joie. Une flèche retomba sur l'un d'entre nous et se planta dans sa gorge, le tuant net. Alors un grand mouvement d'espoir amena vers lui l'image de la Vierge qu'on lui fit toucher de sa main inerte, et il ressuscita. Enfin, c'est ce qu'on raconte. Le temps de me frayer un passage dans la foule qui me remerciait de l'avoir sauvé par ma tunique interposée, il était déjà debout, tout frais, malgré la flèche qui le traversait encore, puis il s'est jeté à mes pieds pour les baiser, imité par tout le monde, et ce n'était pas désagréable, je l'avoue, de sentir sur mes orteils et mes talons toutes ces lèvres de nobles.

C'est ce 26 décembre où commencèrent l'exagération, la légende et le culte de ma personnalité. Depuis l'arrivée des Espagnols se succédaient les épidémies de grippe, vérole, rougeole, typhus ; la moitié de la population était touchée et les prières demeuraient sans effet. Mes compatriotes me demandèrent d'intercéder auprès de ma Vierge, et l'espoir qu'avait suscité son apparition renforça peut-être leurs défenses immunitaires ; toujours est-il que la contagion s'enraya. Les maladies ne disparurent pas du jour au lendemain ; la fatalité, si. Je m'appliquais à demeurer modeste, mais c'était un travail de chaque instant, un peu au-dessus de mes forces, une protestation continuelle, un démenti impossible et qui ressemblait à de l'ingratitude. Pourquoi répondre aux exaucés que je ne faisais pas de miracles, alors que leur foi en moi les transformait, les guérissait, les sauvait ? Je ne voyais pas la nécessité de les détromper puisqu'il n'y avait pas tromperie : si la Mère du Christ m'avait choisi, ce n'était pas pour leur refuser ma compassion ni les priver de leur reconnaissance, et c'est par lucidité que j'acceptai peu à peu de devenir une idole.

— *Tu alma ¡ oh Santa María ! está como viva en la pintura*, chantaient d'une même voix les conquérants et les conquis réconciliés autour de mon vêtement, depuis qu'on l'avait accroché dans son cadre au-dessus de l'autel, ce lendemain de Noël 1531.

Et ils priaient en fixant le regard de la Vierge où la mort bientôt m'enfermerait. Comme ce souvenir m'est douloureux, Nathalie, comme je déteste me voir dans leurs yeux dévots, porté en triomphe et joignant les mains d'un air entendu ; comme je regrette ce 26 décembre où, comme on dit dans ta vie, *je me suis cru.*

Viens, ne restons pas là, retrouvons María Lucia, remonte cinq années en arrière et revis avec moi la fête de la Dernière fois : le plaisir et la nostalgie, la douleur et le choix de jouir encore ensemble en sachant que plus jamais nos corps ne s'uniraient, puisque la limite d'âge avait, d'après notre confesseur, transformé en péché mortel le devoir conjugal.

Laisse-toi gagner par mes émotions, dans ce lieu encore imprégné de notre sacrifice. Essaie de comprendre ma solitude, maintenant que tu as éprouvé dans la basilique la force des prières qui me retiennent sur terre...

Mais tu ne m'écoutes plus. Tu te lèves et tu reviens au présent, tu redescends la colline et tu me quittes parce que tes pieds te font mal, parce que tu as sommeil, qu'il commence à faire nuit et que l'homme que tu aimes dans ton pays te manque.

A plus tard, Nathalie, comme on dit de son vivant.

Agglutinés au fond du hall devant l'entrée du restaurant vide, les vieillards galonnés ont l'air de fomenter un coup d'Etat. Ils se séparent vivement à mon entrée. L'un court en claudiquant chercher mes bagages, l'autre se met au garde-à-vous, un troisième se reboutonne, et les deux derniers tapent dans leurs mains pour que le soudeur juché sur une poutrelle arrête de faire tomber des morceaux de verrière. On ne joue pas avec la vie d'une cliente qui laisse des pourboires de mille pesos.

Cette fois ma chambre est prête, mais on ne retrouve pas le fax de réservation. Je dis que ce n'est pas grave, mais apparemment si. Ça signifie que je ne pourrai pas bénéficier du tarif négocié. Je fais comprendre au réceptionniste que je m'en fous et que je veux dormir. Je lui donne mon passeport qu'il se met à recopier avec un soin de faussaire, tandis que le garçon d'étage qui doit friser les quatre-vingts ans attend devant ma valise. Un autre vient me remettre avec solennité une enveloppe grise. Elle contient un message de bienvenue dans ma langue signé du père Abrigón Diaz, président du Centro de Estudios Guadalupanos. Il se réjouit de me rencontrer demain à l'heure du déjeuner, me donne l'adresse du restaurant mais ne précise pas l'heure. Ce serait sans doute mal-poli, sur une invitation.

Le réceptionniste me rend mon passeport et donne ma clé au garçon d'étage, qui hésite entre les deux cages d'ascenseur en fer forgé qui se font face, à chaque extrémité du hall. Il finit par choisir celle de gauche, et semble le regretter dès que la grille se referme sur nous. Marmonnant, il glisse la main entre les barreaux torsadés aux fleurs de rouille, tripote un bouton nacré. Puis il manœuvre au fond de la cabine un levier de machine à sous, et nous décollons dans une série de soubresauts ponctués de grincements. Arrivés au troisième étage, il me précède dans un cou-loir décoré de personnages historiques frimant dans leurs cadres en stuc : révolutionnaires, ecclésiastiques, généraux, navigateurs, tous marqués d'un air de famille — ou nés du même pinceau et reflétant un style. Le dernier portrait de la série, le plus grand, représente Juan Diego dans sa tunique mariale. Peut-être l'artiste a-t-il peint les autres à sa ressemblance pour souligner son influence sur l'identité nationale : c'est grâce à lui que les Indiens du Mexique ont une âme, officiellement, depuis la bulle de Paul III en 1537 ; c'est son odeur de sainteté qui a transformé l'extermination en métissage. Quels que soient les récupérations et les débordements que je suis venue dénoncer, il a eu raison d'inventer sa rencontre avec la Vierge.

Le garçon d'étage s'arrête devant Juan Diego. Il change ma valise de main ; je m'attends à ce qu'il fasse un signe de croix, mais c'est juste pour remettre le tableau droit.

Vingt pesos plus tard, je me retrouve dans la moi-tié d'une ancienne pièce immense aux moulures inter-rompues par une cloison de plâtre, qui sent l'insecti-cide et le beurre rance. Deux portes-fenêtres en fonte infermables donnent sur un mur aveugle où ronfle un aérateur, les doubles rideaux de velours prune tiennent par la crasse au bout de leurs tringles descellées, trois cintres en plastique surplombent le minibar et la salle de bains est en deux parties : baignoire et cabinet derrière une porte, lavabo dans la chambre, séparé du lit par un panneau de verre opaque en forme d'oignon. C'est la touche design.

Je manœuvre les robinets géants pour me faire couler un bain : j'obtiens tout un concert de chuintements et vibrations suivi d'un filet d'eau marron clair. Je renonce et vais m'installer devant le téléphone. J'aimerais entendre la voix de Franck, lui parler de ce trouble que j'ai éprouvé dans la basilique puis sur la colline ; cette impression de déjà-vu que je ne m'explique pas. Je n'ai rien *reconnu* du paysage que je découvrais à Tepeyac, et pourtant il me *dit* quelque chose. J'ai beau être épuisée, les jambes lourdes, la gorge en feu, le nez bouché par les croûtes de sang, je me sens à la fois plus légère et plus dense que d'habitude. Comme si une présence tournait autour de moi et, par moments, filtrait la vie sur mon passage, prenait mon énergie et me transmettait en échange des émotions, des encouragements, des tristesses.

J'ai vécu cette situation pendant quelques semaines, à la mort de mon chien. Cet appel. Cette certitude d'être *deux*, brusquement. Cette envie irrépressible de fermer les yeux et de caresser le vide, de répondre au silence. Jamais rien de tel quand j'ai enterré maman. Elle avait tout absorbé de son vivant : je n'avais plus rien à lui donner, sinon un chagrin de rigueur, une compassion de principe et cette délivrance qu'elle n'avait cessé de me promettre tout au long de ses maladies, comme un entraîneur fait miroiter la victoire au joueur qu'il accapare. Jef, lui, avait si peu reçu en comparaison ; combien d'heures lui avais-je consacrées, dans ses huit ans de vie ? On se disait bonjour au réveil, je le promenais dix minutes et on se retrouvait le soir. Ni les humains ni les chiens ne reviennent nous hanter : ce qui nous poursuit c'est le temps qu'on ne leur a pas donné, les occasions perdues, le souvenir des attentes auxquelles on n'a pas su répondre.

Pourquoi tout cela me rejoint-il aujourd'hui au Mexique ? C'est la première fois que je m'arrête, depuis des années. La première fois que je sors de mon cadre, que je perds mon rythme. Franck est le seul à qui je pourrais confier mes déroutes et les sensations bizarres que j'éprouve depuis que l'avocat du diable a introduit dans ma tête ce Juan Diego. J'ai besoin de son écoute, de ses moqueries, de ses silences et de ses faux-fuyants — comme l'autre soir pendant que les croque-monsieur brûlaient. J'ai besoin de cette gêne commune, vierge de tout malentendu, cette distance pudique qui nous tient lieu d'intimité depuis que nous ne sommes plus officiellement ensemble. Mais mon téléphone mobile ne marche pas dans ce pays, la standardiste ne comprend pas mon accent et je me replonge, par dépit, dans les dossiers du Vatican, tout en dînant avec les cacahuètes du minibar arrosées de whiskies miniatures.

Je me réveille dix heures plus tard au milieu d'un cauchemar, la gorge percée d'une flèche. J'éteins le climatiseur antédiluvien, remets de l'ordre dans les documents froissés tout en suçant des pastilles contre l'angine. Après avoir pris une douche aussi marron que la veille et combattu la rouille à la crème hydratante, j'enfile une tenue de brousse pour partir en quête d'un petit déjeuner. Dans la salle emplie de vieilles dames volubiles et badgées, congrès de scrabble ou voyage archéologique, les platées d'omelettes-haricots-beignets qui clapotent au bain-marie me soulèvent le cœur. Les croissants sur lesquels je me rabats sont encore à moitié congelés et le café ressemble à ma douche. Mais, l'un dans l'autre, je me replâtre l'estomac et je sors sur la playa de la Constitución, dans les brumes d'une chaleur déjà étouffante.

J'ai deux ou trois heures à tuer, avant mon rendez-vous. Je fais le tour de l'esplanade, envahie de touristes encerclés par les embouteillages. Klaxons bloqués, des camions aux fumées noires déboulent de chaque avenue pour s'insérer dans le bouchon qu'un flic désabusé regarde se former en mâchonnant une allumette. Le nez dans mon Kleenex, je m'efforce d'admirer avec bonne volonté la cathédrale de traviole qui a pris un coup dans le bulbe lors du dernier tremblement de terre. Les trottoirs à l'ombre m'amènent vers une espèce de champ de fouilles à ciel ouvert, entre deux musées où s'engouffrent des groupes. Je n'aime pas les musées, je n'aime pas les ruines, je n'aime pas les groupes et je n'aime pas le soleil. Je reviens sur mes pas. Je me retourne, plusieurs fois, brusquement ou mine de rien. Je me sens suivie, épiée, j'ai l'impression qu'on devine mes déplacements, qu'on anticipe mes réactions. La paranoïa déclenchée hier après-midi par le fonctionnaire corrupteur a amplifié le malaise que je trimbale depuis la consultation du cardinal Fabiani, cette certitude d'avoir été étudiée à distance, mise sur écoute par les espions de la foi, mais il n'y a pas que ça. Je me sens *accompagnée* à chaque pas, comme si des jumelles ou la lunette d'un tireur d'élite refaisaient sans cesse le point sur moi.

Mes pas me ramènent avenida 16 de Septiembre. En face de mon hôtel se dresse un bloc de verre fumé, baptisé en lettres de marbre « El Nuevo Mundo ».

L'envie de fraîcheur et de banalité me fait pousser la porte. Immobile sur l'escalator dans une lumière de néon, je me retrouve dans cette ambiance neutre des grandes surfaces, ce microclimat identique en n'importe quel endroit de la planète, ce plan d'occupation de l'espace commun à tous les points de vente, ce découpage des heures, des âges et des sexes en rayons, en désirs suggérés, en réponses à la demande ; cette zone franche où les différents pays ne représentent que des lieux de fabrication, où l'identité se résume à l'étiquette, la valeur à un code-barres. Chaque fois que je suis à l'étranger pour un colloque, un séminaire et les récréations organisées qui en découlent, j'éprouve le besoin de fuir l'exotique, l'authentique et le typique en venant me dépayser dans un grand magasin.

Je me sens revivre, d'étage en étage, sur mon escalator. Depuis mon arrivée au Mexique, c'est le premier moment où je suis à l'aise, où l'air me paraît respirable, les gens concentrés sur ce qu'ils font, les hommes polis et les femmes rapides. Je me promène le long des allées, cherchant des marques, repérant des nuances dans les conditionnements et la présentation. Toutes les vendeuses me comprennent et c'est un plaisir de leur demander pour rien des renseignements sur des produits qui ne me font pas envie.

Au rayon lingerie, une fille charmante et mince à pleurer me voit tourner autour des bacs, sceptique, jauge ma poitrine, évalue mon style et me propose des choses que je n'oserais jamais porter, avec dans la voix et le regard une complicité encourageante, une façon de me laisser entendre qu'elle non plus ne pensait pas un jour franchir le pas. Touchée autant par sa délicatesse que par son efficacité de vendeuse, je la regarde m'emballer un string en soie translucide et un soutien-gorge à ouverture frontale. Délivrée du poids d'angoisse qui m'oppressait dans la rue, je continue ma balade en balançant doucement le sachet à pois roses destiné au troisième tiroir de ma commode, le tiroir à turpitudes, cet étalage de souvenirs de voyages qui jamais ne revoient le jour. D'autres rapportent dans leur pays des spécialités, de l'artisanat local ou des cartes postales... Moi je complète ma collection de dessous immettables.

Je vais faire un tour à l'ameublement, explore des illusions de salons, de cuisines, de chambres d'enfant. L'air climatisé est toujours aussi agréable mais j'ai froid, à présent ; je sens une tension dans la nuque. Soudain je me retourne, obéissant à un instinct, un ordre intérieur comme je n'en ai jamais reçu. Je croise le regard bleu, intense, d'un type très beau à rayures beiges, deux mètres derrière moi. Il sursaute, recule d'un pas. Il me sourit. Moi aussi, en réflexe. Puis il oblique dans une allée et je continue mon chemin sans savoir ce qui emballe ma respiration — la peur rétrospective, la honte d'être aussi parano ou la perfection de ce physique. C'est le genre d'homme qu'on ne rencontre jamais, qui n'existe que pour vendre des jeans ou de la mousse à raser dans les pubs télé. Ça ne parle pas, ça ne pense pas, ça sourit et on vibre. Je termine mon tour de l'étage, m'assieds dans des canapés divers, sur des lits de notables à capitons festonnés ou d'amoureux façon rotin, devant des bureaux d'acajou de synthèse et des coiffeuses Louis XVI en panneaux de particules. J'adore ces alignements de décors censés définir un style, ces bouts de chambres à coucher pathétiques essayant de suggérer la vie, l'intimité, le quotidien, les goûts de chacun...

Une rumeur soudaine me fait lever. Des cris, une bousculade. Je vais me pencher à la rambarde. Quelqu'un dévale à contresens l'escalator. Entre les banderoles de réclames, je crois reconnaître la chemise et la chevelure du sex-symbol à rayures beiges. Je cours vers l'attroupement qui s'est formé là où je me trouvais cinq minutes plus tôt. Une femme est couchée sur le sol, en état de choc, les joues couvertes de sang. On lui a arraché ses boucles d'oreilles. J'ai chaud aux miennes, tout à coup, je touche les anneaux d'or à petits rubis qui avaient appartenu à une arrière-grand-tante, que maman aimait tellement sur moi et que je n'ai pas eu le courage de bazarder à sa mort. Je ne lui avais pas donné de petits-enfants ; qu'au moins je porte un souvenir de famille.

Des hommes m'écartent pour courir au chevet de la victime. Cette pauvre femme tremblante et mutilée qui aurait pu être moi. Le flux des curieux me repousse vers la balustrade. Des sifflets retentissent au rez-de-chaussée ; une sonnerie, des appels, des réponses négatives. Le voleur a déjà dû se fondre dans la foule, sur la place.

Les doigts serrant mon sachet de sous-vêtements, je me faufile au milieu des clients qui se racontent l'événement, d'un air avide, et redescends par l'escalier de secours. Dans une poubelle de la galerie marchande j'abandonne mes achats, façon dérisoire d'annuler le souvenir. Qu'est-ce qui m'oppresse le plus ? D'avoir échappé de si près à une agression ou d'être dans un tel état émotionnel que j'entends des voix dans ma tête ? Une envie brutale de prendre le premier avion, de quitter cette ville où je n'ai rien à faire s'empare de moi sur le trottoir. La manipulation, les pressions, les dangers réels ou fantasmés — tout ça pour tenter de démentir un miracle dans un pays sans loi où la foi est peut-être le dernier garde-fou... La conscience de ne rien avoir à faire chez moi non plus, dans cette semaine vidée de rendez-vous, lézarde ma décision tandis que je traverse la rue.

J'entre dans l'hôtel déjà figé dans une ambiance de

sieste, fonce jusqu'à la standardiste en train de remplir un test dans un magazine de mode, lui demande un annuaire de Mexico. Je feuillette l'énorme pavé qui va de L à N, finis par trouver l'ophtalmo qui, cinq ans plus tôt, avait établi le premier diagnostic sur l'enfant à l'œil crevé par un hameçon. J'obtiens la communication au bout de quelques minutes, décline mes titres, donne la raison de ma présence au Mexique et l'objet de mon appel. Mon confrère répond dans un anglais pressé qu'il n'a rien à ajouter aux déclarations contenues dans le rapport que je détiens. Face à mon insistance, il se borne à confirmer que les dégâts dans l'orbite du gamin rendaient impossible toute intervention chirurgicale, y compris la greffe d'un œil vivant. Pour mon information personnelle, je lui demande s'il y a beaucoup de greffons humains disponibles au Mexique. Un silence prolongé me répond. Je répète ma question. Il laisse tomber, froidement, qu'il existe un marché.

— Un marché ?

— Un marché noir, en cas d'absolue nécessité. Si vous réclamez un œil, vous l'avez. Mais à quel prix...

— C'est-à-dire ?

— Une banque d'organes officieuse sous-traite à des fournisseurs, qui enlèvent un gamin dans les quartiers pauvres.

Il clôt l'entretien en précisant qu'il s'est toujours refusé à ce recours, et que je ferais mieux de me rendre dans un service d'urgences pour mesurer le nombre d'enfants énucléés, plutôt que de remettre en question l'intervention surnaturelle de Juan Diego. Je lui demande s'il peut, à titre confraternel, me communiquer l'adresse de son jeune miraculé. Il raccroche.

C'est moi, tu crois ? C'est moi qui ai réussi à t'avertir du danger que tu courais ? Oh, Nathalie, ce serait merveilleux... Tellement inattendu, tellement inespéré... Etre parvenu à te communiquer une information n'ayant trait qu'à toi, indépendante des réactions que t'inspirent mon dossier, mon histoire, mon pays... Une information *gratuite*, uniquement portée par mon désir de te protéger.

Jamais je n'ai ressenti un échange de cet ordre, une telle dilatation de ma pensée... Et si tout cela n'est qu'illusion, si tu ne t'es retournée que sous l'effet d'une intuition, d'un instinct de survie qui ne me doit rien, cela n'a aucune importance. Que j'aie réussi ou non à te prévenir, ce qui compte c'est que tu puisses l'envisager : alors nous aurons fait un vrai pas l'un vers l'autre.

Je ne pouvais rêver un meilleur moment pour que tu franchisses cette étape. Ce qui t'attend maintenant, tu ne le recevras pas de la même manière ; tu seras prête à écouter l'inadmissible, à y trouver des résonances. J'espère simplement que mon souhait de préparer au mieux ta rencontre avec le père Abrigón n'est pas à l'origine de l'agression que tu as failli subir.

Devant l'hôtel sont garées trois épaves de Coccinelle et une Buick relativement propre, qu'un chauffeur austère est en train d'astiquer avec un chiffon
sale. Je lui donne l'adresse du restaurant où m'attend
le père Abrigón Diaz. Enthousiaste, il m'ouvre la portière en disant que j'ai de la chance : c'est la meilleure
table du pays.

La circulation est aussi dense et bordélique que la
veille. Après un lacis de rocades, on traverse des ban-
lieues glauques où le chauffeur enclenche la fermeture des portières. Une heure plus tard les bidonvilles
s'espacent, les poulaillers s'intensifient et on se
retrouve sur une sorte de route nationale rectiligne tra-
versant une succession de villages et de dépotoirs,
jusqu'à une clôture électrifiée marquant l'entrée dans
un désert de caillasses. Des pancartes blanches aux
lettres rouges alternent sur les bas-côtés avec des panneaux de stationnement interdit, et le taxi ralentit à
l'approche d'une forteresse de béton carrée, défendue
par des miradors et trois ceintures de barbelés aussi
hautes que les murs qu'elles entourent, parsemées de
têtes de mort où les tibias sont remplacés par des
éclairs.

— C'est la meilleure prison du pays, me confie-t-il avec respect. On y loge le frère d'un ancien président de la République.

Il met son clignotant et se gare de l'autre côté de la route, sur le parking ombragé d'une auberge de style hacienda, parmi les Mercedes aux vitres opaques et les Cadillac à rallonge. Il m'annonce le prix de la course et me souhaite bon appétit.

Une chaleur implacable me fait aussitôt regretter la glacière roulante d'où je sors. Incongru parmi les chauffeurs à cravate qui discutent autour des limousines noires, un jeune homme en short me dévisage en mangeant une glace sur un pliant, adossé à un minibus. Il déplace son cornet pour me désigner la lourde porte en chêne percée d'un judas grillagé, qui évoque davantage la boîte de nuit que l'hostellerie de campagne.

Au troisième coup de heurtoir, le guichet s'ouvre, se referme, puis la clé tourne dans la serrure, le battant s'entrebâille. Une matrone affable en tablier m'accueille parmi les poteries et les marmites ancestrales qui décorent l'entrée de l'auberge. Je demande la table du père Abrigón Diaz et elle se rembrunit, me tourne le dos avec un geste pour que je la suive. Nous traversons trois salles bondées, silencieuses, où des familles et des gardes du corps mangent en faisant la gueule parmi des géraniums-lierres exubérants fixés aux poutres, agités par la brise de l'air conditionné et qui retombent en lianes au-dessus des assiettes.

La matrone ouvre la porte d'un genre de patio : trois murs décorés de trompe-l'œil donnant sur un jardinet dans le mitraillage léger de l'arrosage automatique. Deux tables sont dressées sur le sol de terre cuite : une rectangulaire autour de laquelle discutent bruyamment cinq personnes et, tout au fond, une petite ovale à couvert unique que me désigne l'aubergiste avant de ressortir en fermant la porte. Les regards se tournent vers moi et le silence se fait par à-coups, tandis que je gagne avec une discrétion ostentatoire la place à laquelle on me relègue en tant qu'envoyée du diable.

Une chaise racle dans mon dos, un pas lourd ébranle le fer forgé du mobilier. Je me retourne sur un gros géant souriant, couronné de mèches grises en tire-bouchons, qui attrape ma main et la secoue avec une gaieté contrainte. Une croix en argent brille sur son polo jaune, et il s'exprime dans un anglais dont la rapidité volubile compense les approximations.

— Docteur Krentz ? Je vous souhaite la bienvenue, nous avons commencé : le programme est chargé et vos confrères mouraient de faim. Je suis le père Francisco Abrigón Diaz de Garduñoz, vous pouvez m'appeler Paco, venez que je vous présente, vous aimez le Mexique ?

— J'adore. Je vous prie de m'excuser pour hier après-midi.

— A quel propos ?

— Mon retard.

Il éclate de rire en m'entraînant vers la grande table.

— Ça, c'est un mot qu'il vaut mieux rayer tout de suite de votre vocabulaire, sinon vous risquez d'attendre longtemps. Vous êtes venue au Centre d'études, alors ? Ça ne fait rien, j'avais un empêchement. La secrétaire vous a dit ?

— C'était fermé.

— Ah bon. Voici le professeur Wolfburg, de Stuttgart, docteur en chimie, spécialiste des fibres et des pigments.

Le rougeaud désigné pose son beignet sur le coin de son assiette, et me tend une main huileuse en se levant d'une fesse, le regard fuyant.

— Ivan Sergueïevitch Traskine, de l'Institut international d'astrophysique.

Un barbu maigre à l'œil fébrile me détaille avec un air égrillard, demande qui je suis d'un mouvement de pouce.

— Le docteur en ophtalmologie Nathalie Krentz, répond le père Abrigón du bout des lèvres, qui nous est dépêchée par le Promoteur de la foi.

— *Muchas gracias, abogado del diablo*, prononce avec une application pâteuse l'astrophysicien, la joue dans la main, le regard sur mes seins.

Le prêtre le félicite pour ses progrès en espagnol, puis me désigne une vaste dame en sueur dans une robe-sac, qui me salue d'un sourcil en suçant les pattes d'un crustacé.

— Le docteur Leticia Galan Turillas, notre plus grande historienne de la conquête espagnole et du XVIᵉ siècle en général, et le professeur Kevin Williams, qui travaille avec la Nasa sur le traitement des photos prises par la sonde envoyée sur Mars.

Un morceau de poulpe en suspens au bout de la fourchette, mon sauveur de l'aéroport me fixe avec une expression qui va de la perplexité à la confusion, sans que je puisse vraiment savoir s'il me reconnaît ou pas. Je lui rappelle la valise éventrée par les chiens antidrogue. Il repose son tentacule, esquisse un sourire d'ironie timide et me demande si mon séjour au Mexique se poursuit comme il a commencé.

— A peu près, merci.

Le président du Centre d'études nous dévisage tour à tour, sourcilleux, apparemment contrarié des relations que nous avons pu nouer en dehors de son patronage.

— Vous vous êtes rencontrés à l'aéroport ?

— Oui. Votre minibus était complet ?

— Non, mais le fax de Mgr Fabiani disait qu'une

voiture de la nonciature vous prendrait en charge. Vous ne l'avez pas attendue ?

— Je n'étais pas au courant des usages.

Il me reprend le bras, et me ramène dans un mouvement circulaire jusqu'à la table isolée.

— Ce n'est pas de la ségrégation, précise-t-il, mais quelqu'un souhaite vous parler en tête à tête.

Après un bref coup d'œil au petit pâle à lunettes noires, espadrilles et blouson jean qui prend le chaud dans le jardin, le père Abrigón tire ma chaise, la glisse courtoisement sous mes fesses, déplie ma serviette sur mes genoux et rejoint les partisans de sa cause, qui recommencent avec animation leur discussion en espagnol. On continue de leur apporter une débauche de plats ruisselant de sauces au milieu des chopes de bière, et ils se remettent à bâfrer sans arrêter de parler, ayant apparemment oublié mon existence. Seul Kevin Williams me jette de loin en loin de petits regards anxieux.

Le blafard à lunettes noires qui arpente le jardin en feignant de s'intéresser aux plantes finit par obliquer vers le patio. Le front en avant, la tête rentrée dans les épaules, il fonce droit sur ma table et s'assied en face de moi sans me demander mon avis.

— Ne vous retournez pas, ils nous observent, me glisse-t-il dans ma langue avec un accent qui rappelle, en plus chuintant, celui du cardinal Fabiani. Je suis Guido Ponzo, j'ai essayé de vous appeler à votre hôtel mais ils ne vous connaissent pas. Vous voyez qui je suis ? vérifie-t-il brusquement.

— Non.

— Ils ne vous ont pas parlé de moi ? s'étonne-t-il, soupçonneux, en esquissant un geste vers l'autre table. Et l'avocat du diable, il ne vous a pas mise en garde ? Bon. Ecoutez, je ne vais pas y aller par quatre chemins, on peut être interrompus d'un instant à l'autre.

J'ai fait des études de biologie et chimie à l'université de Naples, je suis journaliste et expert moi aussi.

— En quoi ?

— Supercheries, bidouillages, abus de confiance. Je chasse les miracles, je les démonte et je les explique. Rien que dans ma région natale, la Campanie, j'ai percé le secret de trente-huit statues de madones qui pleurent des larmes de sang : un simple tuyau bouché par du plâtre, à travers lequel ça finit par suinter quand on actionne la pompe. Mais mon plus gros coup, c'est l'ampoule de San Gennaro. Vous connaissez ?

Je fais non de la tête.

— Saint Janvier, si vous préférez. Le patron de Naples. Chaque année, depuis le XIVe siècle, son sang conservé à l'état solide dans une ampoule se liquéfie. Vous avez sûrement dû voir les images à la télé, non ? L'archevêque de Naples qui se promène dans les rues en agitant son ampoule, pour bien montrer que le sang est coagulé, jusqu'au moment où soudain il devient liquide, et toute la ville tombe à genoux. Eh bien moi je me suis dit : de quelles substances disposait-on à l'époque ? Puisque le Vatican refuse d'ouvrir l'ampoule pour que je puisse analyser le saint plasma. Alors j'ai fait mon petit cocktail. En mélangeant du chlorure ferreux dissous dans l'eau avec des coquilles d'œuf, j'obtiens une solution rouge sombre à base de carbonate de calcium qui, stockée au froid, devient solide au bout de six jours. Ensuite, et c'est là que le hasard m'a aidé — je pourrais dire « la providence », mais ça serait malvenu —, je retourne l'ampoule dans mes mains pour vérifier l'état solide, et tout à coup pouf ! mon mélange se liquéfie. Comme le sang de saint Janvier, dites donc ! Quelle amusante coïncidence ! Non ? Exactement le geste qu'ils font en remuant le flacon pour voir si la liquéfaction se produit. Et elle se produit *justement* parce qu'ils remuent le flacon. Je suis allé faire ma petite manip devant l'archevêque, qui m'a jeté dehors, et puis je l'ai refaite en public sur le parvis de la cathédrale où j'ai failli me faire lyncher. Voilà le topo.

Je laisse passer un instant de silence, pour que l'agité du plasma reprenne son souffle, puis je lui demande quel est le rapport avec la Vierge de Juan Diego.

— J'ai le truc, confie-t-il trois tons plus bas. Je sais comment ils font, je peux le prouver, mais je ne suis pas accrédité, alors j'ai besoin de vous. Piquez-moi une fibre.

— Je vous demande pardon ?

— Ils vont vous enlever la vitre de protection, murmure-t-il à la limite de l'audible. Pendant que vous serez en train d'examiner les yeux, mine de rien, vous me piquez une fibre. Avec une pince à épiler. Les autres n'y verront que du feu, j'analyserai le tissu d'agave et ça me suffira pour foutre par terre le mystère.

Suffoquée par son culot, je trempe les lèvres dans le verre de bière que la serveuse a déposé devant moi.

— Et pourquoi ferais-je ça ?

— Vous voulez réussir votre mission, non ?

— Il ne s'agit pas de réussite ou d'échec, monsieur Ponzo. On me demande mon avis impartial après examen : je le donnerai, voilà tout. Je ne partage ni vos motivations ni votre envie de faire du sensationnel sur le dos de l'Eglise.

— Mon œil, ricane-t-il. Vous n'allez pas me faire croire que vous avez accepté de venir risquer votre vie dans ce pays de malades par amitié pour le cardinal Fabiani. Vous savez qui c'est, Fabiani ? La plus belle ordure de la chrétienté. L'Institut pour les œuvres de religion, vous connaissez ? Nom pudique de la

Banque du Vatican. Lorsque son patron, Mgr Marcinkus, est tombé pour les neuf cent cinquante millions de dollars blanchis au profit du Saint-Siège, c'est Fabiani qui a sauvé la banque. Epuré les comptes, si je puis dire. Et plus ou moins trempé dans l'assassinat de Jean-Paul Ier qui voulait chasser du Vatican la loge P2 et la Mafia. En échange de ses magouilles, Fabiani a demandé la charge de la Riserva, les archives secrètes ; un abri atomique de sept cents mètres carrés enterré sous la cour de la Bibliothèque vaticane. Il tient dans sa main la moitié des gouvernants de la planète, entre ses dossiers financiers et ses cartons de prophéties : les occultées de Fatima, la grille chiffrée des *Centuries* de Nostradamus, le trésor de Rennes-le-Château, le Saint-Graal, le prétendu fils du Christ débarqué aux Saintes-Maries... Vous voyez ce que je veux dire ?

J'acquiesce, pour ne pas exciter davantage la fureur de ce mythomane.

— Ils sont deux à manipuler le pape : Damiano Fabiani et Luigi Solendate, le préfet de la Congrégation des rites, qui est un type relativement honnête, mais qui est prêt à couvrir les pires saloperies si c'est dans l'intérêt de la foi. Ça fait plus de soixante-dix ans que le Parti révolutionnaire institutionnel persécute l'Eglise au Mexique : pour qu'elle reprenne le pouvoir aux élections de juillet, à travers le candidat libéral Vicente Fox, il est vital que Juan Diego soit canonisé. C'est le héros du peuple, et la ferveur ira droit dans les urnes, alors l'avocat du diable est allé vous chercher parce que vous êtes comme moi, vous n'avez aucun crédit, vous vous êtes attaquée aux miracles de Lourdes, vous êtes cataloguée anticléricale et en plus vous êtes juive : vos réserves, s'il y en a, ne vaudront pas un clou dans le dossier, sauf si je les bétonne avec mes révélations.

— Quelles révélations ? Ce n'est pas de l'agave, c'est du polyester ?

Il balaie ma suggestion de la main, puis se ravise en la soulignant d'un index accusateur :

— Vous n'êtes pas loin de la vérité, docteur. Si je vous aide à prouver que Juan Diego c'est du pipeau, Fabiani ne s'en relèvera pas : on lui fera payer l'échec de la canonisation et ça fera un pourri de moins au Vatican. Ça marche ?

Je pose mes coudes sur la table et lui réplique en face :

— Je n'ai pas besoin de vous pour prouver quoi que ce soit, monsieur Ponzo.

— Vous croyez ? sourit-il en me narguant.

— Mais pourquoi vous êtes tous après moi, merde ! On a diffusé ma photo sur Internet ou quoi ?

Il m'intime de baisser le son en roulant des yeux affolés, ajoute entre ses dents que *lui*, il est de mon côté, d'une voix oppressée qui sous-entend un complot général ourdi contre moi.

— Je n'ai besoin de personne, merci.

Il souffle du nez, excédé par mon inconscience.

— Vous croyez que vous allez trouver une anomalie dans les yeux ? Mais ils ont pris toutes les précautions, ma pauvre ! Les sous-sols secrets du Vatican abritent les plus grands ateliers de faussaires du monde ! D'où il sort, à votre avis, le linceul de Turin ? Et le suaire d'Oviedo ? Et la sainte coiffe de Cahors, avec à l'intérieur l'image négative de la tête du Christ ? Les plus grands spécialistes ont mis au point à votre intention tout le grand tralala que vous allez découvrir dans le regard de la Vierge. Les treize personnes, les reflets de Burchini-Simpson...

— Purkinje-Samson.

— Pardon. C'est quoi, d'ailleurs, exactement ?

— Si j'approche une bougie de votre œil, j'y ver-

rai trois images de la flamme : deux reflets à l'endroit
sur les faces antérieures de la cornée et du cristallin
qui agissent comme des miroirs convexes, et un reflet
à l'envers sur la face postérieure du cristallin. Phénomène découvert en 1832 par Purkinje de Breslau et
Samson de Paris.

— On pourrait vous objecter qu'en 1531, il y avait
déjà des bougies.

— Quelle est votre théorie, monsieur Ponzo ?
L'image serait l'œuvre d'un peintre miniaturiste du
XVIᵉ ?

— Au début, oui.

— C'est-à-dire ?

Il jette un regard nerveux à la table officielle qui,
sans nous prêter la moindre attention, dépèce des crus-
tacés en rigolant aux plaisanteries émises par l'astronome russe.

— Ma théorie, c'est qu'ils la changent tous les dix
ans, la *tilma*. Pour qu'elle se conserve. Et à chaque
fois ils utilisent les dernières découvertes destinées
aux instruments les plus récents ; à chaque fois ils
ajoutent des détails que leur fournit la science pour
entuber les scientifiques. L'absence d'enduit sous-
jacent confirmée au microscope, la position des étoiles
conforme au ciel du 12 décembre 1531, les motifs
symboliques aztèques dissimulant des équations, les
phénomènes obéissant aux lois optiques, les petits protagonistes qui se reflètent mutuellement à l'agrandissement... Ne riez pas : vous ne savez pas de quoi sont
capables leurs enlumineurs qui se transmettent depuis
le Moyen Age le secret des pinceaux à deux poils dur-
cis dans le fiel de bœuf. D'autant qu'aujourd'hui, ils
manient en plus la palette graphique et la photochi-
mie. Le Vatican possède les meilleurs spécialistes dans
tous les domaines. Et une technologie de pointe. Et
des moyens illimités. Et un enjeu colossal : sans

miracles pour alimenter la foi, plus de croyants, plus d'Eglise, plus de banque et plus de pouvoir !

Il attrape mon verre, le vide d'un trait et se penche en avant, son blouson pochant au-dessus de ses épaules.

— Regardez-les, vos amis experts qui se gobergent en toute innocence : vous croyez qu'ils ont été choisis au hasard ? Le Russe, qui est chrétien orthodoxe depuis la chute du communisme, a fait il y a huit ans une découverte capitale sur les lois mathématiques régissant les constellations : on la lui sert sur la tunique. Et bien sûr qu'il certifiera l'origine divine de l'image, puisqu'elle lui donne raison ! L'Allemand a publié des recherches sur l'iridescence des fibres : il va constater le bien-fondé de ses travaux et il sera convaincu que ce n'est pas une toile peinte, puisque théoriquement la diffraction de la lumière est une technique impossible pour des mains humaines. Et l'historienne va authentifier la symbolique mystico-aztèque sur laquelle elle a pondu trois livres. Quant au type de la Nasa, qui agrandit au scanner les photos de l'espace, il va tomber à genoux devant un prodige de miniaturisation des reflets qui n'est que l'application de sa technique, à l'envers. Bref, remettez-moi une fibre et ça me suffira pour prouver que l'agave actuel a moins de dix ans.

Il referme vivement la bouche, tandis que la patronne dépose sans douceur devant moi une assiette de légumes frits qui m'éclabousse de sauce. J'essuie mon chemisier, puis reprends :

— Et vous ne pensez pas que l'expert allemand est plus compétent que vous dans la datation du tissu ?

— Bien sûr, à condition qu'on la lui demande.

Je le regarde à travers la fumée de mon plat.

— Jetez un œil sur le protocole de l'expertise qu'il va mener : elle concerne la nature des pigments, pas l'âge du support. Et des pigments qui n'existent pas sur terre, moi je vous en fabrique dans ma cuisine, rien qu'en mixant des épines de cactus, du concombre et des bactéries pour fosse septique. « Rien ne se perd, rien ne se crée, tout se transforme »... Vous connaissez la formule. Depuis l'eau qui se change en vin, les catholiques n'ont jamais varié le menu. Je peux compter sur vous ? Nous œuvrons pour la même cause, docteur Krentz : la vérité. Contre les forces de l'obscurantisme, les fournisseurs de sectes et les marchands de paranormal !

Soudain quatre policiers en bras de chemise, matraque à la ceinture, font irruption dans le patio. Les trois premiers se postent aux différentes issues, tandis que le quatrième brandit une plaque d'immatriculation en hurlant :

— *¿ A quién es eso ?*

Le père Abrigón et son collège d'experts tournent discrètement la tête en direction de notre table. Mon vis-à-vis pique du nez, mord ses lèvres, puis ôte ses lunettes de soleil pour me lancer un regard implorant.

— Je peux compter sur vous, n'est-ce pas ? répète-t-il avec des brisures d'angoisse.

Après quoi il avale un grand bol d'air et se dresse en faisant face au policier, lève le doigt pour désigner la plaque minéralogique. Les trois autres le cravatent aussitôt et l'entraînent violemment. Je me dresse pour protester, prends à témoin le père Abrigón qui arrête mon élan d'un geste de conciliation, s'essuie la bouche et vient s'asseoir à la place abandonnée par le voleur de fibre.

— Il était mal garé, prononce-t-il avec une gravité d'éloge funèbre.

— Comment ça ?

— De l'autre côté de la route, probablement. Vous

savez, c'est la seule prison haute sécurité du Mexique. Les policiers ne plaisantent pas, dans le secteur.

— Et pourquoi ils lui ont arraché sa plaque d'immatriculation ?

— Ils ne savent pas forcément lire. C'est la procédure courante, ici. Au lieu de vous dresser un procès-verbal, ils prennent votre plaque et vous allez la rechercher au poste, moyennant une petite somme d'argent qui évite les formalités administratives. Il faut faire avec : le pays marche comme ça.

— J'ai vu, oui.

Le colosse en jaune modère mes a priori d'une main bénissante :

— Les salaires sont très bas chez nous, docteur, la pauvreté et l'illettrisme vont de pair avec la surpopulation, et chacun doit se débrouiller comme il peut, à son petit niveau. Cela dit, j'imagine que vous avez eu le temps d'entendre les élucubrations de ce malheureux sceptique ? Pardon de vous avoir infligé cette épreuve... Il n'est pas dangereux, juste un peu fatigant avec ses théories, mais il se tiendra tranquille, maintenant qu'il vous a parlé.

— Vous pensez qu'il y a un lien entre son scepticisme et son arrestation ?

Le président du Centre d'études prend une longue inspiration, joint les mains devant son nez et laisse filer l'air avec lenteur entre ses lèvres avant de répondre :

— Nous sommes une vieille civilisation, docteur Krentz. Et une administration — comment dire ? — éternellement jeune. Une démocratie toujours adolescente. L'esprit révolutionnaire, avec ses tics et ses foucades, continue d'animer nos structures étatiques... Longtemps le clergé mexicain a été mis à mal, c'est un euphémisme. Aujourd'hui encore, un prêtre n'a pas le droit de sortir dans la rue en soutane, précise-t-il

105

en désignant son polo jaune. Ou alors, il a intérêt à être riche. Mais la ferveur religieuse a résisté à toutes les dictatures. Savez-vous qu'au plus fort de la répression anticatholique du président Calles, la seule église que le PRI n'avait pas osé fermer, c'est la basilique de la Guadalupe ?

— J'ai lu tout ce qui a trait au culte de votre madone.

— J'en suis très touché. Ne croyez surtout pas que vos positions cartésiennes et le rôle que vous avez courageusement accepté de tenir soient mal perçus de ma part. L'avocat du diable est une institution respectable et nécessaire. D'ailleurs je me suis longuement entretenu avec Son Eminence le cardinal Fabiani, lorsqu'il est venu enquêter en personne au Mexique. C'est un homme remarquable, d'une élévation de pensée, d'un humour et d'une délicatesse rares. Et très gastronome, ajoute-t-il avec un regard vers l'assiette à laquelle je n'ai pas touché. Savez-vous que vous êtes dans le meilleur restaurant de la région ? Je ne voudrais pas médire, mais on murmure que le frère de notre ancien président, qui loge en face, a table ouverte ici. Goûtez donc ces *chiles en nogada*, c'est un de mes péchés mignons, je le confesse. Piments verts de Puebla farcis de porc à la sauce blanche et crème de grenade : vous avez reconnu les couleurs de notre drapeau national. C'est un plat inventé par les sœurs de Santa Monica pour le banquet de 1821 en l'honneur d'Iturbide, quand il a signé le traité d'indépendance du Mexique. En un mot, je voulais vous dire que vous n'êtes pas obligée de faire bande à part. Vous pouvez nous rejoindre à table, maintenant, et vous êtes la bienvenue dans le minibus.

Je lui exprime ma reconnaissance avec toute la froideur requise, et lui demande quand l'expertise aura lieu. Il s'assombrit quelque peu, descend le regard vers la mallette en fer posée contre ma chaise.

— Je vois que vous avez emporté votre matériel. Parfait. Mais, en tout état de cause, ce ne sera pas avant cette nuit, quand la basilique sera fermée au public. De plus, le Dr Berlemont, de Lausanne, qui doit lui aussi examiner la Vierge, a manqué son avion et, pour des raisons de sécurité, je ne pourrai enlever la vitre qu'une fois.

— Mgr Fabiani ne m'avait pas parlé d'une expertise collective.

Il toussote dans son poing.

— En fait nous avons un problème, et une opportunité. Le problème c'est Mgr Ruiz, le recteur de la basilique, qui refuse catégoriquement les examens sans vitre. Il estime que c'est dangereux et superflu, que tout est largement prouvé et suffisant pour la canonisation. Et l'opportunité c'est qu'il est en voyage. Le cardinal Fabiani a bien voulu caler votre venue sur la date que je lui avais communiquée...

— J'ai un numéro d'ordre ?

— Soyez sans crainte : vous disposerez du temps et de la sérénité utiles à vos investigations. Comment procéderez-vous ?

— Je ferai un fond d'œil pour mesurer l'emplacement, la distorsion et la dissymétrie des reflets éventuels décrits par mes prédécesseurs. Si l'ophtalmoscope révèle des images antéro-postérieures, je vérifierai en utilisant différentes lentilles que chacun des reflets a bien enregistré les distances focales des deux faces du cristallin, comme dans un œil vivant. Si ce n'est pas le cas, ça prouvera par défaut qu'il s'agit d'un accident du textile ou d'un effet de peinture.

Il hoche la tête, concentré sur le jargon dissuasif que j'utilise à dessein, sourit pour m'indiquer sans doute que mon protocole ne l'inquiète en rien, et conclut :

— D'ici là, profitez-en pour vous détendre, visiter nos ruines, apprécier notre cuisine... Etes-vous bien logée ?

— Un rêve.

— Si je peux faire quoi que ce soit pour agrémenter votre séjour...

— Quelles sont vos relations avec l'Institut mexicain de la culture ?

Il fronce les sourcils.

— Pourquoi cette question ? répond-il d'un ton faussement dégagé.

Je dépose sur la nappe le reçu que j'ai extorqué à mon corrupteur, hier après-midi. Le père Abrigón y jette un œil et se frotte le menton, dubitatif.

— Je ne connais pas cette personne, ni son département. En tout cas ils n'ont rien à voir avec mon Centre d'études ni l'enquête du Vatican...

— Ça peut être une couverture pour une officine de renseignements ?

— C'est-à-dire ?

— Les services secrets mexicains, une chose comme ça...

— Non, je crois que c'est l'organisme qui est en charge des musées nationaux. Ce monsieur vous a demandé quelque chose en particulier ?

— Ma coopération, m'a-t-il semblé. Mon avis ou mon silence, ce n'était pas vraiment clair. Il m'a donné rendez-vous à cette adresse, ce soir.

Je lui montre le dos de la carte de visite. Il se redresse, les mâchoires serrées, et déclare avec une autorité de garde du corps qu'il viendra avec moi. La franchise et l'énergie brutale qui balaient soudain sa réserve ecclésiastique me plaisent bien. Il doit sentir que je me décrispe et fait signe à la serveuse d'apporter à ma table son plat suivant. Et il me sert une sorte de potage bleuâtre où gisent des choses frites, que je promène du bout de la fourchette tandis qu'il enchaîne :

— Y a-t-il d'autres problèmes que je puisse vous aider à résoudre ?

— Le nom de la Vierge. Pourquoi « Guadalupe » ? J'ai lu beaucoup d'explications contradictoires.

— Pas contradictoires, ma chère : complémentaires. Goûtez, c'est succulent. *Huachinango* sauté au maïs bleu. Toute la grandeur de notre miracle est là, je dirai même son sens profond : biculturel. Dans ses propos à Juan Diego comme à travers les symboles de son manteau, la Mère de Dieu a voulu s'adresser aux deux communautés. Les différentes interprétations sont non seulement légitimes, mais *voulues*. Après ses cinq visites à Juan Diego, elle s'est matérialisée devant Juan Bernardino, qui était son...

Il laisse un blanc, pour voir à quel point je possède le sujet.

— Son oncle. Celui qu'elle a guéri de la peste.

— Voilà. Elle s'est présentée à lui sous le nom de « Virgen de Guadalupe ». En référence aux apparitions qu'elle avait effectuées deux siècles plus tôt près de cette rivière d'Espagne, dont un Indien ne pouvait connaître le nom, ce qui constituerait une preuve d'authenticité à l'oreille de l'évêque Zumarraga. Tout en ayant une signification pour les Aztèques puisque, en nahuatl, elle a prononcé *Cuahtlapcupeuh* : « celle qui vient en volant de la région de la lumière ». Ou encore *Coatlaxopeuh* : « celle qui écrase le serpent ». Le dieu serpent Quetzalcoatl.

— Celui qui avait un collier de crânes et de mains coupées ?

— Pourquoi ?

— Non, c'est une image qui m'est venue...

— Notre historienne vous en parlera mieux que moi, mais Quetzalcoatl portait une sorte de collerette en plumes géantes, je crois. Le collier de crânes, c'est plutôt la déesse Tonantzin, à qui les Indiens rendaient un culte autrefois, sur la colline des apparitions. Je vous félicite pour votre connaissance du dossier.

Je souris, mal à l'aise. Le dernier nom qu'il a prononcé, Tonantzin, m'a fait une impression bizarre, comme s'il était associé à un souvenir désagréable que je ne retrouve plus.

— Juan Diego était un personnage merveilleux, vous savez, poursuit-il. Un véritable initié, sous ses faux airs de simplet. Un éternel enfant, naïf mais armé d'une foi et d'un sentiment national qui repoussaient les limites de l'impossible. Il voyait son pays meurtri, ses frères massacrés par les exactions des colons. Il souffrait au plus profond de sa chair et de sa fibre ethnique, ce qui ne l'empêchait pas de rester infiniment reconnaissant aux Espagnols qui lui avaient apporté la révélation du vrai Dieu. Il disait à son confesseur qu'il priait tous les jours la Vierge Marie pour qu'elle apporte la paix et la compréhension entre les deux communautés. Il rêvait devant l'histoire des croisades qu'on lui enseignait au catéchisme. Il se voyait dans l'armure de Saint Louis partant guerroyer contre les Infidèles, et mieux encore il s'imaginait dans la peau de Jeanne d'Arc, cette petite bergère illettrée comme lui, et qui pourtant voyait apparaître saint Michel, sainte Catherine, sainte Marguerite qui lui ordonnaient de délivrer la France du joug anglais...

— Vous voulez dire que Juan Diego a fabriqué son miracle personnel en s'inspirant de Jeanne d'Arc ?

— Oh oui... J'en suis intimement convaincu. Mais pas au sens réducteur où vous l'entendez. Sa pureté, sa prière et sa foi ont attiré la grâce divine. La Sainte Vierge ne choisit pas d'apparaître au hasard...

Foutaises, Nathalie, foutaises ! Je n'ai rien à voir avec ce cul-bénit friand de croisades, ce militant enthousiaste aux couleurs de la Vierge. Jamais je n'ai imploré Notre-Dame pour qu'elle m'apparaisse et me charge d'une mission ! Jamais je n'ai rien demandé pour mes frères de sang. Tout m'était égal, tu m'entends ? Le sort des vivants ne me concernait plus, l'extinction probable de ma race me laissait indifférent, je n'avais pas plus de « sentiment national » que d'idéal sacro-saint : j'étais un amoureux amputé, c'est tout, qui se retranchait méthodiquement dans la prière et la foi en l'au-delà pour maintenir à ses côtés celle qu'il avait perdue.

Tu veux la vérité ? Ce que la Vierge a fait avec moi, c'était du harcèlement céleste ! Rien d'autre ! Elle m'a poursuivi sans relâche, sans égard pour mon insignifiance, pour ma douleur, pour mon travail et mes devoirs de chrétien ! Elle m'a utilisé, et ensuite elle m'a laissé tomber. Voilà ! Je crois en elle, je l'aime, je la révère et je continue de servir sa cause, mais ça ne m'empêche pas d'être lucide !

Peut-être que d'autres dans mon cas se réjouissent d'être passés à la postérité, d'être vénérés, béatifiés, canonisés, sollicités à chaque instant, je ne sais pas : je n'ai jamais pu entrer en relation avec les « contactés » de mon genre, les Lucie de Syracuse, les Jeanne d'Arc, les Joseph de Copertino, les Bernadette de Lourdes, les Catherine Labouré, les Thérèse de l'Enfant-Jésus... Je suppose que chacun survit, avec plus ou moins de bonheur, cloîtré dans sa mission, dans son symbole et sa notoriété. Mais ceux-là ont souffert, je le sais pour les avoir captés dans l'esprit des croyants qui m'associent à eux ; ils ont bravé des dangers, défié l'impossible, reçu des sanctions, connu les stigmates, l'exaltation et le martyre, à tout le moins la contradiction... Moi il ne m'est rien arrivé, *rien* ! Je suis venu, j'ai vu, j'ai dit et j'ai vécu. Je n'ai même pas été un vrai porte-parole, j'ai simplement servi de portemanteau. Je n'ai couru aucun risque avec mon témoignage, je n'ai pas été accusé d'hérésie ni de falsification, puisque j'avais une *preuve.* Et elle est toujours là ! Personne ne m'a cherché noise, ne m'a persécuté, ne s'est dressé devant moi pour me réfuter, au contraire ! On m'a choyé, éduqué, cultivé pour que je répande mon récit en toute quiétude. « Initié », tu parles ! De mon vivant, je n'ai fait que préfigurer cette machine qu'on a installée à l'entrée de la basilique en 1979, et qui ressasse à tous vents l'apparition de la Vierge en quinze langues moyennant cinq pesos.

Et on me voue un culte ! Et on me dit des messes ! Et on m'attribue le pouvoir de faire des miracles ! Et les intrigants du Vatican veulent me canoniser pour des raisons politiques afin qu'à tout jamais je sois le serviteur lucratif de la légende qu'on a bâtie sur moi ! J'ai voué mon existence terrestre à la Vierge, mais elle n'a plus besoin de moi, elle ne se manifeste plus, elle m'abandonne à la ferveur que je lui vole, alors ça suffit ! Je n'en peux plus de passer l'au-delà à écouter les vieilles me parler de leurs varices, les vieux de leur goutte, de leur queue et de leurs fonds de pension, les jeunes m'implorer pour avoir un enfant ou le faire passer, les amputés me réclamer leurs jambes, les députés un siège, les supporters un but, les cocus leur conjoint, les chômeurs un travail, les incurables un remède, les femmes battues la paix et les soldats une guerre ! J'en ai marre ! Je ne peux rien pour vous, même pas transmettre ! Adressez-vous directement à la Vierge, ou demandez-vous l'impossible à vous-même. Ça marche, parfois, je le sais, je suis bien placé pour le savoir ! Je n'ai provoqué aucun miracle, mais j'en ai vu s'accomplir devant moi, sur les trottoirs roulants de la basilique. Alors laissez-moi tranquille, réglez vos problèmes, vivez votre vie et préparez votre mort. Ou bien priez pour moi. Pour qu'on me détruise, pour qu'on m'oublie, pour qu'on me discrédite... Pitié... Je n'étais rien. Laissez-moi le redevenir.

Tu veux la vérité, Nathalie, tu veux savoir ce qui s'est réellement passé en 1531 ? Tu veux que je te raconte mon histoire avec la Vierge comme je ne l'ai jamais fait, par respect, par pudeur, par crainte de la compromettre ?

Le samedi 9 décembre, je sors de chez moi à l'aube pour aller au catéchisme à Tlatilolco. J'arrive sur la colline de Tepeyac, et soudain j'entends des chants d'oiseaux, comme en plein été. Je m'arrête et les chants se taisent aussitôt. Alors résonne une voix très douce qui m'appelle par mon nom, du sommet de la colline. « Juantzin... Juan Diegotzin... » Là même où jadis nous avions célébré notre fête de la Dernière fois, je reconnais les inflexions, la façon de parler de Maria Lucia. Fou de bonheur, je grimpe notre colline à la recherche du fantôme de ma femme, et voilà que je tombe nez à nez avec une inconnue qui brille comme si le soleil se levait derrière elle, mais sans qu'elle soit pour autant à contre-jour. C'est une toute jeune fille, elle est très belle, mais d'une beauté sûre d'elle empreinte de sérénité et d'expérience ; une beauté qui n'est pas de son âge. Et elle s'adresse à moi en nahuatl, ma langue natale, avec un accent en tous points semblable à celui de ma défunte épouse.

Elle me déclare : « Je suis la toujours vierge Sainte Marie, mère du vrai Dieu pour qui nous existons tous. » Je lui dis bonjour, et que justement je me rends au catéchisme. C'était pour mettre les choses au point : avec les massacres, les mutilations pratiquées par les colons à titre d'exemple et la vérole qu'ils nous avaient importée, il restait peu d'Indiens valides en circulation pour les jeunes filles de mon peuple. J'étais fréquemment courtisé et je détestais ça, même si le coup de la Vierge, on ne me l'avait encore jamais fait. Elle secoue lentement la tête, elle me dit : « Non, Juan Diegotzin chéri, tu n'iras pas au catéchisme aujourd'hui ; tu as mieux à faire. » Je réponds que je ne suis pas celui qu'elle croit, je lui souhaite bonne chance et meilleur choix, et d'un air occupé je tourne les talons.

C'est alors que je la retrouve devant moi, avec toujours son soleil dans le dos et les traits nets. Comme si j'avais fait un tour complet, mais c'est elle qui avait disparu pour se reformer à une autre place. Ça m'a un peu énervé, parce que la colline était autrefois le sanctuaire de Tonantzin, dont les grands prêtres affirmaient qu'elle se matérialisait quand elle avait besoin de sang frais, et je trouvais assez mesquin de sa part de se déguiser en mère du Dieu d'amour pour réclamer qu'on lui sacrifie un bébé. Je lui dis que je ne suis pas dupe et que, de toute façon, elle est mal tombée : je n'ai pas d'enfants. « Montre donc ton collier de crânes et de mains coupées », j'ajoute pour qu'elle comprenne que je l'ai reconnue.

Elle sourit, imperturbable. Je m'impatiente : « Allez, va-t'en de mon chemin, Tonantzin, sois raisonnable, je ne crois plus en toi, je suis catholique baptisé », et je conclus en faisant le signe de croix pour la renvoyer à ses adorateurs. Mais elle demeure là, sans broncher, pas gênée, avec son sourire indulgent et sa voix douce : « Mon fils chéri, mon tout petit, la plus humble des flammes attisée dans le foyer de mon cœur, ta déesse Tonantzin n'est qu'un des visages que vous m'avez donnés avant de me connaître, et que vos prêtres ont dévoyé pour affermir leur puissance dans le sang et la terreur. Mais nous n'en sommes plus là et voilà ce que j'attends de toi : tu vas aller au palais de l'évêque de Mexico et lui raconter que tu m'as vue. »

Un peu secoué, j'en oublie ma méfiance et je lui réponds que ça serait avec plaisir, mais que je ne parle pas la langue des Espagnols. Et puis il faut être naïve pour croire qu'on rencontre comme ça monseigneur l'évêque : toc-toc, c'est moi Juan Diego, je viens de la part de votre Sainte Vierge. Mais elle insiste : « Quand tu seras devant lui, demande-lui de me construire une chapelle ici même, afin que je puisse dispenser mon aide et mon salut, mon amour et ma compassion à tous ceux qui viendront vers moi, chrétiens ou non. Les églises d'en bas sont souillées par les tortures et les crimes perpétrés en mon nom : c'est à toi de montrer le vrai chemin du ciel. »

Sans vouloir la vexer, je lui réponds que jamais Sa Seigneurie n'accordera crédit à un pauvre Indien de la dernière caste, et que, si elle veut une chapelle, elle ferait mieux de s'adresser à un vrai catholique de souche, méritant, espagnol et bien vêtu. Mais elle s'obstine : « C'est toi que j'ai choisi, ô le plus humble de mes enfants dans la misère, le moindre de mes fils, mon tout petit messager sur terre, mon infime souffle de vie à qui personne ne prêtait attention, ô toi mon Cuautlactoactzin, mon Juan Diego qui travailles la terre des autres, tisses des nattes pour qu'ils se reposent et perdis ton cher amour Maria Lucia. Mais tu seras récompensé pour le service que tu me rends, et pour la peine que je te donne. Va trouver l'évêque, et par ton humilité sincère il te croira. »

Alors il s'est produit un phénomène extraordinaire pour moi, qui n'avais jamais levé le nez du sol que pour demander pardon au ciel d'être si misérable. C'était comme si la confiance de la Mère du vrai Dieu se répandait en moi pour m'inciter au péché d'orgueil. Dans l'instant, je me suis vu parlant à l'évêque, et le ramenant ici même avec sa croix et ses maçons. Voilà que, simple impie converti, je me sentais devenir à mon tour le missionnaire, l'élu, le prophète inspiré, le Moïse du Mexique. J'ai couru à la résidence de l'évêque. Plus rien n'était insurmontable à mes yeux, Nathalie, mais ce n'était pas la foi qui soulève les montagnes, c'était la vanité qui donne des ailes. Et, comme de juste, en approchant trop près du soleil, je me suis brûlé les plumes.

Mgr Zumarraga était arrivé au Nouveau Monde trois ans auparavant. C'était un vieux franciscain voûté, chauve et barbu, qui supportait mal le climat et l'esclavage auquel nous réduisaient ses compatriotes sous couvert d'évangélisation. Il avait fait venir des ânes d'Espagne, pour nous soulager un peu, mais les cardinaux madrilènes l'avaient rappelé à l'ordre. Ses serviteurs m'ont laissé entrer poliment, comme si j'étais attendu, et j'en ai conclu qu'ils étaient touchés par la grâce dont j'étais investi, mais en réalité l'évêque ouvrait sans distinction sa porte à tous les moins-que-rien.

Il m'a écouté. Ou plutôt il m'a regardé lui mimer la scène, l'apparition avec l'effet lumineux, la construction de la chapelle et les bienfaits répandus sur tous les pèlerins prenant d'assaut la colline sacrée où chantaient des oiseaux inconnus. Il a hoché la tête, m'a béni dans sa langue et m'a renvoyé en me donnant des galettes et du miel.

Je suis retourné sur la colline, dégrisé, penaud, la tête basse. « Tout s'est bien passé », m'a dit la Vierge qui m'attendait avec son air serein. Je lui ai montré les galettes et le miel, j'ai haussé les épaules, j'ai avoué mon échec et, dans un accès de rancune, comme pour lui reprocher mon trop-plein de vanité, je lui ai lancé : « Tu vois, j'avais raison : il ne m'a pas cru ! » Sans se départir de son calme, elle m'a demandé d'y retourner le lendemain. J'ai riposté que non seulement il ne m'avait pas cru, mais qu'il ne m'avait même pas compris. Elle m'a dit de prendre un interprète, et elle s'est volatilisée sous mes yeux.

Qu'aurais-tu fait à ma place, Nathalie ? Je suis allé frapper chez Juan Gonzalez, un converti comme moi, mais de la caste au-dessus et pour raisons financières. Sans vouloir jeter la pierre aux mieux-nés que moi, les Indiens les plus riches avaient spontanément offert leurs services à nos envahisseurs pour exploiter les plus pauvres avec un meilleur rendement. Ce n'était pas exactement le cas de Juan Gonzalez, qui était un poète et n'exploitait que son talent, mais disons que les poètes ont besoin de se faire entendre et d'être lus, et au rythme où les Espagnols nous décimaient par les mauvais traitements, le pillage et les microbes, il valait mieux investir dans leur langue pour assurer la pérennité de notre culture.

Juan Gonzalez m'a ouvert la porte, je lui ai offert les galettes et le miel et je lui ai expliqué la situation. L'évêque avait déjà fait appel à ses services de traducteur et ensemble, le lendemain, nous nous présentons devant lui. Cette fois Zumarraga écoute, tour à tour incrédule, bouleversé, soupçonneux et prudent. Il me fait dire de demander à la Mère du Christ une

117

preuve de son identité. Je promets de transmettre le message et je m'en vais. Il retient mon interprète. Il ne me croit pas, mais il pense que je suis sincère et qu'une fausse Vierge abuse de ma naïveté pour ridiculiser la religion catholique. Juan Gonzalez opine, comme à son habitude. Le poète en lui s'enflamme et souffle dans le sens du vent : je suis manipulé par les âmes damnées de la déesse-mère Tonantzin, qui veulent rétablir un lieu de culte sur leur colline sacrée. L'évêque ordonne à ses domestiques de me suivre et de m'épier pour en avoir le cœur net. Je les repère et je me dis : très bien, ils seront témoins de l'apparition, et je n'aurai plus besoin de jouer les intermédiaires. Je ralentis donc pour les attendre, mine de rien ; je flâne, je regarde la vue. Mais ils perdent ma trace, contre toute vraisemblance, alors que mon bonnet pointu se remarque de loin et que je prends toujours le même chemin. Fallait-il décidément que le miracle s'opère à travers ma seule personne ?

Comme prévu, Notre-Dame m'attend sur son rocher. Je lui fais la commission, elle me répond qu'il n'y aura pas de problème : le lendemain matin, quand je retournerai chez l'évêque, il aura le signe qu'il réclame. Je suis un peu fatigué de faire la navette entre la Sainte Vierge et son clergé, mais je m'incline. Seulement, quand je rentre chez moi, je trouve Juan Bernardino, le vieil oncle qui m'avait élevé comme son fils, cloué au lit. Je cours chercher un médecin qui l'examine depuis le seuil, à cinq mètres, me dit qu'il a attrapé la peste, que ce n'est pas de son ressort et qu'il faut aller chercher un prêtre.

Toute la nuit je veille mon oncle en le soignant avec les plantes qui guérissaient nos maladies, autrefois, avant que les Espagnols n'apportent les leurs. Au lever du soleil, il est au plus mal et demande à se confesser, alors je reprends la route pour Tlatilolco. Sauf que, cette fois, je fais un détour afin d'éviter la colline, sinon la Vierge va encore me tenir la jambe avec sa chapelle et ce n'est pas le moment.

Mais, au beau milieu du chemin que j'emprunte pour la première fois, la voilà qui m'attend, flottant au-dessus du sol. Et c'est la chanson habituelle : va trouver l'évêque et patati, patata. Je lui dis que sauf son respect, elle devient collante, que mon oncle se meurt et que pour la chapelle, on verra plus tard : j'ai d'autres soucis en tête. Elle se volatilise pour me laisser passer. D'abord je me dis que je l'ai vexée et qu'elle ne se manifestera plus, qu'elle ira choisir un autre émissaire mieux vêtu et plus digne de foi, mais quand je reviens chez moi avec le prêtre et l'extrême-onction, je tombe sur mon oncle en train de nettoyer la maison, en pleine forme. Il nous déclare qu'une certaine Marie de la Guadalupe lui est apparue pour lui annoncer qu'il était guéri, qu'il devait aller en informer l'évêque et me donner un message : maintenant que je suis délivré de mes soucis, il faut que j'aille cueillir des roses sur la colline. Des roses ! En plein hiver ! Sur une colline pelée où il ne pousse que des ronces et un arbre ! Mais d'un autre côté, mon oncle avait la peste et il ne l'a plus, alors... va pour les roses.

Et, de fait, le mont Tepeyac embaume et je me retrouve au milieu de massifs en fleur, devant Notre-Dame qui me dit que ce sont des roses de Castille, très prisées par monseigneur : elles lui rappelleront son jardin à Madrid. J'en cueille une douzaine, je les roule dans ma tunique pour ne pas attirer l'attention pendant le trajet, et à nouveau je vais taper à la porte du palais.

Les serviteurs me reconnaissent, refusent de me laisser entrer, et puis ils voient les roses, abasourdis, me conduisent devant l'évêque qui était en train de recevoir en audience un hidalgo et une famille d'esclaves indiens qui sollicitaient son arbitrage, dans la traduction libre de Juan Gonzalez le poète. Tous se retournent vers moi. Je raconte ce qui m'amène et, pour prouver mes dires, je déroule ma *tilma* dans un geste théâtral qui fait tomber les roses par terre. Stupeur générale. Tout le monde me fixe, sans accorder la moindre attention à mes roses. Ils s'agenouillent, se signent. Puis ils se relèvent, m'entourent, me touchent, et Mgr Zumarraga ordonne à ses domestiques de me déshabiller. C'est alors que je découvre l'image de la Vierge imprimée sur ma *tilma*. Tu connais la suite.

Comme dans la vision provoquée trois jours plus tôt par mon accès de vanité, voilà que je gravis la colline suivi de l'évêque en tenue d'apparat, avec sa croix et ses maçons, qui me demande le lieu précis de l'apparition. Au moment où je lui désigne le rocher habituel de la Vierge, une source jaillit du sol pour confirmer l'emplacement — mais là, c'est la légende qui commence. Le travail de Juan Gonzalez le poète, qui le premier écrivit mon histoire pour la postérité, à sa manière, enjolivant, rajoutant des épisodes et du sensationnel et de la ferveur confite et de la mignardise, faisant de moi ce ravi de la crèche dans le rôle duquel m'ont figé les générations suivantes. Tous les documents qui vous sont parvenus, le *Nican Mopohua*, le *Nican Motecpana*, le *Codex Tetlapalco*, la *Tira de Tepechpan*, le rapport d'enquête ecclésiastique de 1666 se sont inspirés du récit primitif, accentuant les exagérations du poète et repassant à chaque fois sur mon personnage une couche de naïveté mystique, pour entretenir la ferveur.

Durant les dix-sept années qu'il me restait à passer dans mon corps de Juan Diego, je fus séquestré, éduqué, exhibé par l'évêque, entraîné à répéter à l'envi, docile et minutieux, en espagnol comme en nahuatl, aux enquêteurs de Madrid comme aux pèlerins venus des quatre coins du Mexique, mon aventure avec la Vierge, et le jour où enfin je mourus de vieillesse, à soixante-quatorze ans révolus, je crus avoir gagné non sans mérite la félicité céleste auprès de la femme de ma vie. Mais le ciel en avait décidé autrement : je me suis retrouvé contre le mur à l'intérieur de mon vêtement, prisonnier dans les yeux de Notre-Dame, en compagnie des témoins du « miracle des roses » : Zumarraga, ses serviteurs, l'hidalgo, la famille indienne et Juan Gonzalez ; figurants immobiles qui ne sont plus que des reflets inhabités car, personne ne les priant, ne les invoquant, ne les retenant dans leur incarnation passée, l'oubli général a permis à leur âme de rejoindre la paix du Seigneur, je suppose, de gagner ce Paradis dont la prévention de sainteté m'interdit l'accès depuis quatre cent cinquante-deux ans.

Voilà la vérité, Nathalie. *Ma* vérité. Captif de ma légende, je suis condamné à voir ce qu'observe la Vierge, à suivre la direction de son regard, à entendre tout ce qui se dit et se pense autour de son image hélas indestructible. Qu'ai-je fait pour mériter cela, ou qu'aurais-je dû faire pour éviter un tel châtiment ? Car c'en est un, Nathalie, crois-moi. Ma seule évasion ponctuelle s'effectue par le canal de vos esprits, vous qui travaillez sur mon cas tout autour de la terre, vous qui *pensez* à moi au lieu de m'adresser des prières. Que vous soyez animés d'intentions hostiles ou bienveillantes, illuminés par l'intuition ou aveuglés par l'erreur, vous me faites tant de bien... Vous me dépaysez un peu, vous m'invitez à chaque fois dans votre époque, vous me faites partager votre langue, votre culture, votre foi ou vos doutes, vos soucis, vos solitudes et vos joies ; vous me redonnez, l'espace d'une fusion, la conscience du temps qui passe et vous me

permettez de voir, par vos yeux, des horizons différents ; vous me ramenez au présent dans un monde
qui change, parmi des comportements humains qui
sont toujours les mêmes, mais qui demeurent impré-
visibles pour moi. L'immortalité, en ce qui me
concerne, ne change rien aux limites du jugement, ne
permet pas de prédire l'avenir, ni de se soustraire aux
illusions, ni de conserver plus longtemps l'intérêt
qu'on suscite. Vous diminuez ma résignation, un
temps, et puis vous pensez à autre chose, vous vous
concentrez moins sur moi, je sors de votre esprit et
je me retrouve ici, derrière ma vitre blindée au-dessus des trottoirs roulants ; notre union brève n'est
qu'une ubiquité sans conséquences, un rêve ; le rêve
d'une évasion auquel toujours, c'est ma nature, je me
laisse prendre.

Pas cette fois, Nathalie. Cette fois j'irai au bout de
tes forces ; je ne te laisserai pas me quitter. Ce n'est
pas en ôtant un fil de ma *tilma* que tu contrediras le
miracle. Je sais qu'avec tes connaissances et ton matériel tu as un moyen de me rendre la liberté, et j'arri-
verai bien à te le faire découvrir.

Depuis près d'une heure, le minibus nous ballotte de crevasses en dos-d'âne sur des routes défoncées qui serpentent à travers rien. Des collines râpées, des cimetières de voitures, des villages en parpaings et tôle ondulée, semés tous les vingt mètres de ralentisseurs géants qui nous soulèvent l'estomac. Le père Abrigón, qui nous commente avec enthousiasme le moindre détail de la balade digestive, nous révèle qu'on les nomme des *topes*. Quand je lui demande pourquoi ils sont si nombreux, il me répond que le sol est très sec : dès qu'il y a un assassinat, au lieu d'enterrer le corps, on l'allonge en travers de la chaussée et on coule par-dessus un monticule de bitume qui protégera la vie des enfants du village contre la vitesse des chauffards. Je suis la seule à sourire. Ou mes collègues n'ont pas d'humour, ou ils connaissent le pays mieux que moi.

J'aurais aimé profiter du trajet pour échanger quelques informations avec les différents experts, mais l'Allemand fait arrêter le minibus tous les quarts d'heure et serre les dents le reste du temps, concentré sur son problème d'intestins, l'historienne corrige un manuscrit, le Russe cuité à la bière Corona roupille sur la banquette du fond et Kevin Williams braille à voix basse dans son portable, informant pour la vingtième fois une nommée Wendy qu'il ne l'entend pas et que ce n'est pas le moment de reparler de l'aquarium.

— Et voici le site de Calixtlahuaca ! claironne fièrement le père Abrigón.

Visiblement, il ne sait pas quoi faire de nous tant que nous ne sommes pas au complet pour commencer l'expertise, alors il nous promène. Le minibus arrêté devant une station-service désaffectée, nous marchons dix minutes sous le soleil plombé dans un chemin de pierres qui tord les chevilles, jusqu'à un tas de ruines reconstituées au béton armé qu'il baptise généreusement pyramide. Un môme en slip de bain et képi vert fonce sur nous avec un carnet à souche, pour nous faire payer le droit de tourner autour. J'en profite pour me rapprocher de l'Allemand qui, le visage douloureux, crispe la main sous sa chemise dans l'attente d'un nouveau spasme. Après lui avoir proposé mes cachets pour le mettre en confiance, je lui demande s'il a déjà observé la *tilma*. Avec un débit haché qui épouse le rythme de ses contractions, l'ingénieur chimiste me réplique qu'il a travaillé sur prélèvements et photos sous lumière infrarouge et que son verdict est sans appel : l'image imprègne directement la tunique, en l'absence de tout apprêt, ce qui rend sa visibilité inexplicable et sa conservation impossible ; on ne distingue aucun coup de pinceau au microscope, aucun craquelé n'apparaît — bref, le tissu d'agave s'est comporté comme une pellicule photo où la Vierge s'est imprimée recto verso.

— Et les colorants ?

— Ils ne sont pas d'origine minérale, ni végétale, ni animale, ni humaine. Je vous laisse conclure.

— Dieu ?

— Ou les extraterrestres. Déjà au temps des Aztèques, le Mexique était un lieu particulièrement

124

survolé par les ovnis ; on en trouve le témoignage dans tous les sanctuaires de l'ancien culte.

Je me tourne vers l'historienne qui approuve, gravement. Contenant mon irritation, je leur demande si sincèrement ils croient à ces conneries.

— Nous sommes des scientifiques, proteste le spécialiste des fibres. Nous ne croyons pas : nous étudions, nous constatons et nous relatons. Le fait qu'il n'y ait pas de couche préparatoire sous-jacente à l'image ne suffit pas à prouver qu'elle est d'origine surnaturelle, certes. Mais s'il y en avait une, ça prouverait qu'il s'agit d'une œuvre humaine. D'accord ?

Je ne trouve rien à répondre. Il s'excuse et nous quitte à la recherche d'un bosquet.

— N'essayez pas de nous influencer, mademoiselle, me glisse sèchement la grosse dame en robe-sac. J'ai consacré vingt ans de ma vie à l'étude historique de la *tilma*, le professeur Wolfburg a poursuivi et confirmé les analyses effectuées en 1936 par le prix Nobel Richard Kuhn sur les pigments du tissu, il est lui-même nobélisable, notre ami Traskine est la référence mondiale en matière de trous noirs et Kevin Williams est l'expert officiel de la Nasa pour le traitement numérique des images envoyées par la sonde Pathfinder. Ne laissez pas vos préventions aveugler vos propres compétences, c'est le conseil que je vous donne.

— Mais peut-être que nous avons trop le nez dessus, Leticia, intervient Kevin Williams avec une maladresse touchante. Je serais ravi d'entendre l'avis du docteur Krentz.

Je regarde sa peau claire, passablement rougie sur le front et le bout du nez. Mon avis serait l'emploi immédiat d'un écran total, mais je ravale l'élan curieusement maternel que m'inspire ce quadra mal fini, décalé parmi les péremptoires. S'intéressant au moindre cactus, à la perspective la plus infime sur les collines émergeant de la brume polluée, photographiant le blockhaus pyramidal sous toutes les coutures, il a l'air d'un scout anxieux préparant le compte rendu qu'il fera sur notre excursion.

— J'attends d'avoir examiné l'image pour me prononcer, lui dis-je avec plus de froideur que je n'aurais voulu. Je ne suis pas une convaincue d'avance, moi, ni dans un sens ni dans l'autre.

— Voulez-vous que je vous montre mes agrandissements de cornée ? propose-t-il soudain avec l'audace brutale des grands timides. Je les ai dans ma valise à l'hôtel.

Je le dévisage avec attendrissement. Jamais un homme n'a eu recours à un prétexte aussi expéditif pour m'attirer dans sa chambre.

— C'était uniquement pour vous préparer à l'expertise, se défend-il vivement en devinant ma pensée. Même un œil de professionnel a du mal à distinguer les personnages, la première fois. N'oubliez pas qu'ils sont treize à occuper une surface de cornée inférieure à huit millimètres !

— J'en serai enchantée, lui dis-je avec un sourire conquis, pour qu'il achève de rougir entre ses coups de soleil.

— Ah ! il est cinq heures, déclare le père Abrigón en se donnant une claque sur la nuque. Rentrons vite.

Les autres lui emboîtent le pas aussitôt sur le sentier, et je les rejoins au pas de course sous les piqûres.

— Mettez ça, dit-il en me tendant un bracelet de plastique jaune sorti d'un sachet hermétique, tandis que le professeur Wolfburg jaillit de son bosquet en fulminant. C'est un répulsif à la citronnelle, qu'il faut porter tous les soirs à partir de cinq heures. Les moustiques, eux, sont ponctuels.

Nous grimpons dans le minibus, interrompant la

126

sieste de l'astrophysicien qui soulève une paupière pendant que le prêtre nous vaporise un insecticide en nous interdisant de respirer. Le Russe se rendort, le chauffeur baisse le volume de sa musique, démarre et nous repartons cahoter en sens inverse.

Après un ou deux kilomètres, les zonzonnements faiblissent et le son des claques s'espace. Notre guide, debout à l'avant du minibus, l'œil à l'horizon, la main droite sur la barre du tableau de bord comme un capitaine sur sa passerelle, téléphone en espagnol dans un gros portable obsolète branché sur l'allume-cigares. Il coupe la communication, l'air contrarié, secoue l'appareil comme une brique de jus d'orange, et compose un autre numéro. Trois phrases plus loin, il fait brusquement volte-face vers moi, ferme les yeux en crispant les poings, puis me sourit, débranche son téléphone, enroule le cordon et range le tout dans les grandes poches de son pantalon de brousse.

Je le regarde remonter l'allée centrale en tanguant sous les cahots. Il se laisse tomber à mes côtés, me désigne un village désert semblable au précédent, et me confie que tous deux se disputent l'honneur d'avoir vu naître Juan Diego.

— On n'est sûr de rien, quoi.

— Si, proteste-t-il mollement, c'est le cadastre qui a changé. La maison natale est à cheval sur les deux communes.

Je le sens soucieux ; visiblement il a autre chose à me dire.

— Un problème ?

— J'ai téléphoné à votre hôtel pour savoir si le Dr Berlemont était arrivé.

— Et alors ?

— On m'a répondu non... Mais on m'a dit que vous aviez eu une visite.

— Une visite ?

— Vous n'aviez pas emporté votre clé ?

— Elle pèse une tonne. Pourquoi ?

— Il ne faut jamais laisser sa clé à la réception, me gronde-t-il. La femme d'étage a trouvé un homme en train de fouiller votre chambre. Mais bon, il n'y a pas de quoi s'alarmer : c'est fréquent. Heureusement, ajoute-t-il en désignant la mallette à mes pieds, vous aviez pris votre matériel. Au point de vue argent et objets de valeur... ?

Je le rassure : mes papiers et mes cartes de crédit sont sur moi, je suis venue sans ordinateur et ma valise ne contient que du linge.

— La délinquance est un vrai problème, chez nous, soupire-t-il un peu machinalement, l'esprit ailleurs.

— Les policiers ne font rien ?

— Si, des braquages, leur jour de congé.

— Quelque chose d'autre vous tracasse ?

Il hoche la tête en tapotant son genou, le regard au sol.

— Oui. Mgr Ruiz, le recteur de la basilique, écourte son séjour. Il était au congrès épiscopal de Caracas, je ne sais pas ce qu'on lui a fait mais il rentre demain.

— Et on ne peut pas se passer du Dr Berlemont ?

— Hors de question : c'est le seul enquêteur laïc investi par la Commission canonique pour le suivi des miracles. Et c'est le médecin personnel du cardinal Solendate. Comment faire ?

J'écarte les bras, dans l'incapacité de résoudre son dilemme. Lorsqu'on arrive à l'hôtel, il laisse descendre les experts en leur rappelant que le minibus les attend, dès qu'ils sont prêts, pour le point-presse suivi des réceptions officielles, et me retient quand je vais pour les suivre.

— Nous allons à votre rendez-vous.

— L'Institut culturel ?

Il confirme, fait signe au chauffeur de redémarrer. J'émets le désir de monter un instant dans ma chambre, vérifier mes affaires. Il secoue la tête :

— Après. C'est à trois blocs d'ici, mais ça roule mal et je préfère que nous soyons en avance.

— Ah bon ?

Sans relever mon ironie, il indique l'adresse tandis que je regagne mon siège. Puis il revient vers moi et reste debout, appuyé au dossier d'en face, les bras croisés. Son regard fixe réveille le malaise que j'ai ressenti hier devant le soi-disant fonctionnaire du Patrimoine. Après quelques instants de réflexion, il déclare :

— Suivant la manière dont se passera l'entretien, nous porterons plainte ou non pour l'effraction de votre chambre.

Le ton qu'il emploie me fait relever la tête.

— Vous pensez que les deux sont liés ?

— Peut-être.

— Et que je cours un danger ?

— Je vais être franc avec vous, Nathalie. Votre rôle dans l'expertise est — comment dire ? — purement formel. Personne ne pense sérieusement ici que vous puissiez remettre en question la canonisation de Juan Diego.

— Laissez-moi au moins le bénéfice du doute.

— Je disais cela pour vous rassurer. Je vois mal un catholique, même extrémiste, tenter sur vous quoi que ce soit pour vous intimider ou vous empêcher de mener à bien votre examen. En revanche, du côté des ennemis de l'Eglise, et ils sont encore nombreux au sommet de l'Etat, il est très possible qu'un exalté manipulé adroitement s'en prenne à vous, afin qu'on accuse les fanatiques religieux d'avoir voulu réduire au silence une envoyée du diable.

Je serre les doigts sur l'accoudoir en fer, l'observe pour tenter d'évaluer son degré de sérieux.

— N'oubliez pas que nous sommes en période électorale. Le Parti révolutionnaire institutionnel est prêt à tout pour se maintenir au pouvoir.

— Et faire de moi une martyre, ça rapporterait des voix ?

— Je ne pense pas que ça ira jusque-là, et je ferai tout pour qu'ils vous laissent en paix. Il y a dix ans, quand le pape est venu pour la béatification, ils s'en sont pris à ce pauvre Guido Ponzo, pendant sa conférence sur les pigments inconnus du manteau de la Vierge, qui étaient d'après lui un mélange d'oxyde de cuivre et de méthylène.

— Et alors ?

— Ils l'ont peint en bleu avec sa mixture.

Pour conjurer une poussée d'angoisse, je réplique que vraiment leur Don Diego leur monte au citron.

— Juan Diego, corrige-t-il doucement. Don Diego, c'est Zorro. Remarquez, le lapsus n'est pas dénué de sens... Vous n'imaginez pas ce que notre futur saint représente ici pour les plus pauvres, les Indiens, les gamins des rues, les laissés-pour-compte... Et moi-même, dont il occupe les pensées depuis trente-cinq ans, je voudrais trouver les mots pour faire partager ce que je ressens. Une telle douceur, une telle écoute émane de lui... Une telle attente, aussi. De grands bouleversements sont en marche, au Mexique. Un changement politique comme il n'y en a pas eu depuis soixante-dix ans. Une ouverture sur le monde, la fin de cette léthargie corrompue, de cette passivité chronique dont nous avons tant souffert. C'est tout cela que Dieguito symbolise. A l'heure où les haines raciales reprennent du poil de la bête pour tenter de nous renfermer dans notre Moyen Age, nous avons plus que jamais besoin de notre petit Indien, de voir sanctifier les valeurs qu'il incarne. L'humilité, la dignité, le courage d'affronter l'hostilité des incrédules et l'aveuglement des croyants, la force de dépasser ses propres limites au service d'une belle cause...

Je l'écoute, émue par sa sincérité, son discours si fraternel et si peu religieux.

— Vous-même, Nathalie, quand vous bataillez contre les forces de l'Eglise pour protéger une jeune fille des conséquences de sa guérison — j'ai lu le dossier que m'a transmis Mgr Fabiani, le récit de vos empoignades à Lourdes avec le Comité des miracles... — vous agissez au nom de Dieu, même si vous croyez le contraire.

— Ça dépend de ce que vous appelez Dieu.

— Et vous ?

— Je ne l'appelle pas.

— Vous croyez au hasard, au chaos, à l'inexistence de l'âme, à la mort point final ?

— Je pense — je dis bien : je pense — que les bactéries ont créé la vie sur terre en inventant la synthèse chlorophyllienne et le recyclage du calcium. A l'origine, il était rejeté comme déchet par les cellules. Sans structure osseuse, il n'y aurait pas eu développement psychique.

— Il y a donc une pensée créatrice à l'origine du monde. Qu'on l'appelle Esprit-Saint ou bactéries, ça ne me dérange pas.

— Moi non plus, sauf quand on en fait un principe moral, une source de conflits. Quel est l'intérêt des religions, au regard de l'évolution ? Fournir un code de conduite, des bases de réflexion, un message d'espoir et des conseils d'hygiène. Le reste, c'est de l'abus de pouvoir.

Il hoche la tête avec un profond soupir. Je lui demande si je l'ai choqué. Avec tristesse, il fixe longuement les motifs en plastique du dossier devant lui avant de répondre :

— J'ai l'air d'un bon vivant, mon petit, mais je suis si souvent fatigué des hommes, de cette terre sans amour... L'Eglise m'a tant déçu. Les positions de ce pape commis voyageur, qui enflamme les cœurs pour les éteindre ensuite avec ses discours rétrogrades... On ne lui demande pas de changer d'avis sur le préservatif et le contrôle des naissances, puisqu'il n'est que la voix du dogme, mais au moins qu'il se taise ! Qu'il parle d'autre chose ! Les intrigants qui le baladent aux quatre coins du monde pour gouverner en toute tranquillité au Vatican, si vous saviez comme je leur en veux... Les Solendate et consorts, tous ces princes de l'Eglise qui ne voient que leur pourpre et leur ascension personnelle à l'ombre de la croix... Seul le cardinal Fabiani sort du lot, pour moi. Il a essayé de mettre un peu de morale, un peu de propreté dans cet établissement bancaire qu'est devenue la Cité de saint Pierre, et il n'en finit pas de le payer. Lui faire endosser la charge d'avocat du diable, à son âge, avec son rang et ses problèmes d'arthrose... C'est une honte. Vous l'auriez vu, le mois dernier, arpenter les vieux quartiers de Mexico dans son bermuda fluo et son tee-shirt Mickey... Il s'était fait embarquer par la police, dès son arrivée, à cause de sa soutane et de son camail rouge. J'ai dû aller payer l'amende, je l'ai sorti de prison en le cachant sous un poncho, et puis je l'ai amené acheter des vêtements civils au Nuevo Mundo, le grand magasin en face de votre hôtel. Vu sa taille, le pauvre, j'ai dû le conduire au rayon garçonnet.

Il clappe de la langue en voyant l'étonnement dans mon regard. Le portrait qu'il trace est si peu conforme à l'impression que je garde du vieux roublard alambiqué nappant de sa pèlerine mon fauteuil voltaire.

— Vous restez sceptique ? Il y a plus d'humanité

dans l'honneur qu'il sauve en méprisant les affronts que dans tous les discours lénifiants que Mgr Solendate met dans la bouche du pape !

— Je vous trouve bien anticlérical, mon père.

— Je suis chrétien, c'est tout, et j'en veux au Vatican de faire passer les valeurs enseignées par Jésus après les intérêts bancaires, politiques et mafieux.

— Et le devoir de réserve ?

— C'est pour les militaires ! Nous avons le secret de la confession, ça nous suffit ! Et je ne parle pas du célibat... Moi ça me convient, mais ça devrait être un libre choix, comme chez les orthodoxes, pas une obligation contractuelle ! Où Jésus a-t-il dit que les prêtres devaient rester célibataires ? Comment voulez-vous qu'on prêche et qu'on répande l'amour lorsque soi-même on souffre de refoulement ? L'Eglise catholique se suicide, Nathalie, et on dirait qu'elle le fait exprès. Pour reprendre les mots du cardinal Fabiani, aujourd'hui les marchands possèdent le temple, et cherchent à en expulser les derniers vrais croyants qui les empêchent de se consacrer pleinement à leurs trafics.

La rage butée qui s'est emparée de lui me le rend terriblement sympathique. Ces coups de gueule inattendus chez ce gros géant mou dans son petit polo jaune, cette harangue pour moi toute seule au milieu d'un embouteillage, ce sermon hérétique dans la nef improvisée d'un minibus me conviennent tout à fait. J'aime bien cette lumière de révolte et de lucidité mêlées, cette manière de croire en refusant. Je me demande ce que le choix d'un Dieu aurait changé en moi, si je n'avais pas été ballottée entre deux religions, si je n'avais pas tout jeté à l'adolescence, les curés de papa et les rabbins de maman, pour voyager léger.

— Pardon de vous assommer avec mes rancœurs,

mon petit. Mais je me sens à l'aise avec vous. Ce sont les scientifiques qui m'ont rendu la joie d'aimer mon prochain, que j'avais perdue en fréquentant trop de gens d'Eglise. Je ne suis qu'un curé de bureau, moi, vous savez ; je ne comprends pas toutes vos découvertes ni vos langages techniques, mais auprès de vous je me sens un peu de la famille. Vous me parlez de vos étoiles, de vos pigments, de vos cristallins comme si j'étais dans le secret de vos connaissances, vous me communiquez vos passions, vous me racontez la vie de mes ancêtres comme si j'y étais... Je vous écoute, je m'émerveille, j'essaie de vous suivre et de vous emprunter un peu de votre intelligence. Même les illuminés comme ce Guido Ponzo, avec leurs théories fumeuses et partisanes, je les aime ; ils sont en quête d'une vérité, même s'ils se trompent. C'est si rare, les chercheurs de vérité... Je vous regrette, déjà.

Il laisse peser le silence, tandis que le moteur du minibus cale au feu rouge, redémarre. Je l'interroge du regard.

— Soyons lucides, Nathalie : dès que le pape aura prononcé la canonisation, les scientifiques n'auront plus de raison d'être. Mgr Ruiz vous fermera les portes de la basilique : il n'y aura plus que des pèlerins et des vendeurs de souvenirs, autour de ma chère *tilma*. Et mon pauvre Centre d'études sera peut-être même fermé, sous prétexte d'économies. J'agace tous mes recteurs, je le sais bien. Le précédent me traitait de naïf idolâtre avec ma relique, l'actuel m'accuse de mettre en danger sa Sainte Image avec vos instruments... Je vais me sentir bien seul, mon petit... Mais tant pis : l'important c'est que Juan Diego rayonne sur toute la planète.

Le chauffeur s'arrête en double file devant une résidence moderne à balcons fleuris. Le père Abrigón fronce les sourcils en se penchant pour vérifier le numéro, descend du minibus. Je le rejoins sur un trottoir sale imprégné d'odeurs de poisson. Il se masse la gorge, s'approche de la colonne d'interphones. Ça ne ressemble pas à un bâtiment officiel, ni même à un immeuble de bureaux. La couverture idéale pour un repaire de barbouzes. Mais, aux côtés du colosse à croix d'argent, avec ses mains en battoirs, son amertume lucide et ses colères de jeune homme, je n'ai peur de rien.

Abrigón cherche le nom marqué sur la carte de visite, presse une touche de l'interphone. La porte vitrée s'ouvre dans un bourdonnement. Il entre le premier, promène un regard vigilant sur un hall banal, avec plantes en plastique et boîtes aux lettres. Une étiquette libellée à la main, fraîchement collée semble-t-il par-dessus une plaquette gravée, indique : *Roberto Cardenas — P. 3 i.*

Mon garde du corps traverse le hall à grands pas, appelle l'ascenseur, me désigne la cabine avec un doigt sur la bouche, puis grimpe les escaliers quatre à quatre. Lorsque je débarque sur le palier du troisième, il se tient adossé au mur, l'œil aux aguets, me fait signe que tout est en ordre. Sur la pointe des pieds, il marche jusqu'à la porte de gauche, y colle son oreille un instant, m'invite à le rejoindre avant de presser la sonnette.

Un timbre aigrelet retentit. Un raclement de chaise, une toux brève, quelques pas sur un parquet. Une musique s'élève, un solo de saxo. Puis la porte s'ouvre sur mon fonctionnaire de la Culture. Vêtu d'un kimono dans une lumière rougeâtre, il arbore un sourire qui se fige et se rétracte en découvrant mon accompagnateur. Ses yeux clignent, vont du père Abrigón à moi, se fixent sur la croix en sautoir au centre du polo jaune. Derrière lui, à côté de la sono, une bouteille de champagne est plantée dans un seau à glace, et deux flûtes encadrent une assiette de petits canapés. L'incrédulité peinte sur son visage se transforme en fureur lorsque le prêtre lui dit aimablement « buenas tardes ». Il nous claque au nez la porte de son studio. Avec une élégance parfaite et l'œil qui frise, le père Abrigón se penche vers moi et me glisse de sa voix grave :

— Sauf votre respect, mon enfant, je crois qu'il vous avait prise pour une pute.

Et il part d'un rire cascadant avec une grande bourrade pour me ramener vers l'ascenseur.

Je m'efforce de partager son hilarité jusqu'au minibus, par gratitude et dignité, puis une vraie déception prend le relais. Je me sens horriblement vexée. Pas d'avoir été confondue avec une call-girl, c'est plutôt flatteur, mais de m'être monté tout un cirque à partir de rien, de n'avoir pas douté un instant que ma venue au Mexique mettait en péril l'intérêt supérieur de la nation. C'est tellement plus valorisant de s'imaginer menacée à cause de ses compétences. Je déteste tomber dans ce genre de panneau, m'être laissé abuser par une situation aussi banale dans un pays de machos. Surtout quand le témoin s'en amuse avec indulgence et compassion, me suppose blessée dans ma pudeur alors que je suis tout simplement frustrée du danger auquel j'ai cru. Je me sentais une cible en puissance ; j'étais juste un coup à tirer.

— Cinq minutes pour vous préparer, lance-t-il sur le perron de l'hôtel, et direction les agapes municipales ! Robe longue, si vous avez.

Au point où j'en suis, je réponds qu'on verra ce que les cambrioleurs m'ont laissé. En retenant sa gaieté dans ses joues, il me conseille de bien inspecter ma chambre : « ils » ont peut-être posé un micro. Je grimace un sourire de contrition, et traverse le hall morbide où les autres sont déjà sur le pied de guerre, debout dans la zone moquette, en pantalon de cuir noir et chemise brodée pour l'astrophysicien, tailleur boudin blanc pour l'historienne et ceinture de cuir sur veste en lin, style colonial bavarois, pour l'ingénieur chimiste. Kevin Williams est en smoking. Il m'interroge d'un haussement de sourcils. Je lui réponds d'une moue que tout va bien, et sens son regard sur mon dos pendant que je presse le pas vers l'un des ascenseurs à volutes forgées.

L'ancien combattant adossé aux grilles dans son uniforme de liftier me fait non de la tête, me désigne le monte-charge au fond du couloir en travaux. Apparemment, on n'a droit qu'une fois à la cabine de luxe, quand on arrive avec ses bagages. Ou alors il y a des heures d'ouverture. Ou une grève. J'enjambe les gravats jusqu'à la porte en métal gris. C'est fou comme la résignation devient vite naturelle, dans ce pays. On saigne du nez, les intestins se dérèglent, les policiers vous rackettent, les routiers vous achèvent, les scientifiques homologuent les miracles, rien ne fonctionne à part le paranormal et, pour les réclamations, prière de s'adresser à Juan Diego.

La porte du monte-charge se referme sur le profil de Kevin qui a prestement détourné le regard. Il me plaît bien, mais je ne sais pas du tout s'il m'intéresse. Il me touche, pour l'instant. Je me suis tellement déshabituée des hommes à force de n'en regarder qu'un, et encore, en arrière... Que s'est-il passé de nouveau dans ma vie, depuis que je suis cataloguée « dispo » ? J'ai accepté un dîner, un soir, avec mon pneumologue. Et la moitié d'un week-end avec un stomato, pour ne pas rester sur une mauvaise impression. Je suis même allée escalader une montagne avec un avocat rencontré dans mon club de fitness. Je refuse de croire que tous les hommes se ressemblent, à part Franck Manneville, qu'ils ne pensent qu'à baiser et n'aiment pas faire l'amour, que la nouveauté les excite mais que le ronron seul les comble, et que la part d'enfance que j'avais cru déceler en eux n'était qu'une idée fixe de grande personne immature. Mais j'ai beau lutter contre ce genre d'a priori, l'expérience me confirme à chaque fois combien j'ai tort d'être aussi peu sectaire.

Cela dit, la méprise du fonctionnaire de l'Institut culturel me laisse une vague excitation, pas si désagréable que ça. Depuis quand n'ai-je pas *joué* ? Joué à être une femme, à être séduite, à plaire... Ce n'est pas la chaleur moite de ce pays qui me porte aux sens, c'est plutôt cette ambiance liquéfiante de surnaturel admis, cette manière de considérer comme un avantage acquis la grâce divine, qui me donne faim de pulsions concrètes, envie de manœuvres d'approche, envie d'une main dans la mienne et d'un poids sur mon corps...

J'essaie de noyer l'échauffement sous le maigre filet marronnasse qui gémit dans le tuyau de la douche, puis me rince à l'eau minérale glacée fournie par le minibar. En peignoir de bain, j'étale sur le couvre-lit mes six possibilités de lingerie. Le cambrioleur n'a emporté que le flacon de Guerlain issu des stocks de ma mère. J'y vois une occasion, sinon un signe. Une occasion de ne plus me cacher derrière un parfum respectable. De laisser mon odeur naturelle trouver son chemin, rencontrer éventuellement les phéromones d'un mâle. Je choisis le soutien-gorge en stretch couleur parme et son string aérodynamique achetés au duty free de Tokyo, à l'issue d'un congrès d'ophtalmo, souris au reflet que je maquille dans la glace étoilée. Je me fais un peu honte, comme ça, mais je me déplais moins. Et puis c'est sans conséquence : Kevin Williams est certainement fidèle, asexué, inaccessible. J'ai bien le droit de m'allumer pour rien, de m'offrir un petit fantasme à sens unique, de m'aérer la tête de ces histoires de curés.

Renonçant à la combinaison qui me protégerait des effets de contre-jour, j'enfile à même la peau la robe longue en voile noir que j'emmène toujours en voyage sans jamais oser la porter. L'avantage de ce pays de piments, c'est qu'en trois repas j'ai déjà perdu au moins une taille et demie.

J'hésite devant le téléphone, me dis que de toute manière il ne marchera pas, et qu'il vaut mieux psychologiquement que Franck n'entende pas ma voix avant d'opérer ma patiente. Mais il n'y a pas que ça. Je mesure aujourd'hui seulement combien j'ai souffert de ma dernière nuit chez lui, il y a un an et demi. Le matin, dans son ascenseur, je m'étais rendu compte que j'avais oublié mes boucles d'oreilles à la salle de bains ; je suis remontée sonner. Ma serviette tournait déjà dans la machine à laver. Ça m'a donné envie de pleurer. J'aurais encore préféré qu'il l'ait remplacée par une neuve, en prévision d'une autre femme. Là, simplement, son premier geste après mon départ avait été de me mettre au sale.

Kevin Williams fait les cent pas sur le trottoir de l'hôtel, dans les panaches gris du moteur qui tourne. Sans réaction particulière devant ma tenue de vamp arachnéenne, il m'invite à rallier prestement le mini-bus où les autres poireautent dans une ambiance de crise. Je remonte l'allée avec un sourire détendu. L'historienne tapote le fermoir de son sac du bout de son ongle carré, le chimiste feuillette ostensiblement un carnet de notes et l'astrophysicien dessine des monstres dans la buée de sa vitre.

Nous quittons le centre-ville au soleil couchant, la gorge brûlée par les embouteillages du soir, dans le souffle glacé de la climatisation. Assis à mes côtés, Kevin dodeline sous les cahots, finit par laisser aller sa tête contre la mienne. Une idée curieuse me traverse. Je suis sans doute la seule dans ce minibus à penser qu'il n'y a rien après la vie. A supposer que nous finissions broyés sous un camion et que ma pensée consciente survive, je n'aurais que deux réactions possibles : reconnaître mon erreur ou refuser d'admettre que je suis morte. Si c'est notre perception des choses qui crée la réalité, comme l'affirme la physique quantique, alors il n'y a pas d'au-delà pour ceux qui n'en veulent pas, et la question est close. A moins que les autres défunts n'aient le pouvoir de nous composer une structure d'accueil, un jardin d'acclimatation... Je me demande comment Juan Diego me recevrait. Et Maria Lucia, s'ils passent la mort ensemble, comment prend-elle ce harcèlement terrestre des idolâtres qui veulent sanctifier son mari, elle dont tout le monde a oublié l'existence ?

Un coup de tonnerre me réveille. Il fait nuit noire, le père Abrigón s'est emparé du micro pour touristes fixé au tableau de bord, et s'éclaircit la voix dans le haut-parleur fixé au-dessus de sa tête. Mes collègues se déplient, hagards.

— Nous arrivons. Pour des raisons de protocole et de courtoisie que vous comprendrez sans peine, nous allons dîner deux fois. Ce sera probablement le même traiteur, aussi je vous recommande d'éviter les fruits de mer et le jus d'orange. La tequila est encore ce qu'il y a de plus sûr...

— ... pour obtenir des experts unanimes, complété-je à l'oreille de Kevin.

Il rompt le contact en se repoussant contre l'accoudoir de l'allée, sans que je sache si c'est à cause de mes phéromones ou de mon persiflage. J'essuie la buée sur ma vitre. Après une dizaine de ralentisseurs, nous entrons dans l'un des villages traversés cet après-midi, à l'heure de la sieste. A présent la rue centrale est envahie par une foule excitée qui nous acclame ou nous conspue, c'est difficile à savoir, en martelant les flancs du minibus au milieu des calicots rappelant que Juan Diego est né ici.

Nous tournons dans un parking défendu par des militaires en tenue de combat, et le chauffeur se gare devant une sorte de motel néo-aztèque illuminé par des torchères. Nous débarquons sur un tapis rouge encerclé par un orchestre de mariachis à sombreros et moustaches cirées, qui nous agitent sous le nez leurs pompons et leurs guitares avec des grimaces de souffrance indicible.

Les bras en V de la victoire, un officier ganté nous accueille en haut des marches. Le père Abrigón, un sac en plastique à la main, lui donne l'accolade, nous présente, puis se dirige vers les toilettes. Il en ressort deux minutes plus tard, en soutane, son polo roulé dans le sac, pendant que l'officier achève de nous dire bonjour de profil, souriant au photographe en treillis chargé d'immortaliser nos poignées de main.

— C'est un colonel d'artillerie, me précise le prêtre à voix basse, qui a tenté de pacifier les Indiens révoltés du Chiapas. Comme il était trop doux, on l'a muté ici.

Le disgracié va rejoindre son état-major sous un dais rutilant dressé au fond de la salle décorée de totems. Après nous avoir souhaité, au garde-à-vous devant le micro sur pied, la bienvenue dans le village natal de Juan Diego, il gratifie ses compatriotes d'un genre de discours électoral dont notre présence paraît être l'argument dominant. A la fin des applaudissements, l'historienne s'empare d'un micro sans fil pour le remercier en notre nom de son accueil, tandis qu'on se bouche les oreilles à cause des larsens et que le Russe se compose des cocktails au buffet,

141

sous l'œil vide des soldats postés en faction devant les corbeilles de fruits de mer.

Je me rapproche du prêtre, lui demande s'ils sont là pour nous protéger ou assurer la décoration. Il secoue la tête, gravement.

— Le maire est un paysan courageux qui a toujours dit non à la corruption.

Je passe en revue les officiers alignés sur le podium.

— Où est-il ?

— En prison.

Un coup de gong nous fait sursauter. Les gens se précipitent aussitôt, prenant d'assaut les buffets. Nous nous retrouvons tout seuls à faire le pied de grue au centre de la salle.

— On peut y aller, nous glisse notre guide au bout de cinq minutes.

Nous lui emboîtons le pas vers la sortie, croisant quelques retardataires qui nous bousculent d'un air contrarié en fonçant vers la masse de dos agglutinés autour des plats.

— Mgr Ruiz souhaite ne froisser personne, articule avec sévérité le père Abrigón.

Le minibus redémarre et, vingt ralentisseurs plus tard, pénètre dans un village similaire au milieu d'une foule un peu plus clairsemée, comme si nous étions les figurants d'une scène qu'on retourne avec des moyens réduits. Plus de soldats sur la place, cette fois, ni de tapis rouge ni de totems, mais des musiciens qui font un petit peu moins la gueule et un gros maire épanoui, ventre en écharpe.

Tandis que l'élu exprime solennellement sa fierté de nous accueillir dans le village natal de Juan Diego, je pose une main sur le poignet de Kevin. Il me regarde, surpris. Je lui désigne le taxi d'où vient de descendre un jeune speedé relié par fil à son portable, appareil photo autour du cou et magnéto en bandou-

142

lière — sans doute le « point-presse » dont parlait notre hôte.

— On sèche ?

Kevin paraît paniqué, séduit, réprobateur, à nouveau paniqué.

— Ça ne serait pas correct, si ?

— Rentrons dîner à l'hôtel : vous me montrerez vos agrandissements de cornée.

Il pique un fard et baisse le nez. Je suis déjà en train de confectionner des excuses pour qu'il oublie ma proposition honteuse, mais il fait soudain signe au taxi, m'attrape par le bras et m'engouffre à l'intérieur. En claquant la portière, il donne l'adresse au chauffeur avec la voix altérée d'un évadé qu'on pourchasse. Tassé au creux de la banquette dans l'espoir de protéger son incognito, je le trouve irrésistible. Apprenti-fugueur rongé de remords, premier de la classe boycottant sa remise de diplôme. A la sortie du village, il se redresse et se mord un ongle :

— Je n'ai jamais fait ça de ma vie. Et vous ?

— Tout le temps.

Il paraît déçu. Je le rassure aussitôt pour ne pas rompre le charme :

— En fait je ne sais pas quitter les gens. C'est pour ça qu'en général je ne vais nulle part.

Il hoche la tête, gravement, s'identifiant. Puis il prend une longue inspiration, et pivote vers moi en me regardant comme s'il me découvrait.

— Je ne voudrais pas qu'il y ait de malentendu entre nous, Nathalie, me déclare-t-il d'une voix chaude.

Je lui conseillerais bien de me rouler un patin pour dissiper l'ambiguïté, mais il enchaîne :

— Si je vous montre mes travaux, ce n'est en aucun cas pour vous influencer.

J'avale ma salive, le tranquillise d'une moue.

— Ce que j'ai découvert dans les yeux de la Vierge va faire basculer vos certitudes, mais je respecte le rôle que vous devez jouer. L'avocat du diable est une institution très importante à mon sens, pour éviter les abus et les supercheries.

Avec une pensée rancunière pour le string qui me rentre dans les fesses, je lui demande sèchement ce qu'il a découvert de plus que les treize reflets obéissant aux lois de Purkinje-Samson, Vogt, Hees et Tscherning. Il pince les lèvres, échaudé par ma connaissance du sujet. Il désigne le chauffeur comme si c'était une oreille ennemie, croise les bras et se rencogne contre sa portière en boudant.

— Allez m'attendre au bar, dit-il quand la voiture s'arrête devant l'hôtel. Je vous rejoins.

Et je le regarde grimper les marches tandis que je paie le taxi.

Tu ne vas pas te laisser impressionner, Nathalie ? Détends-toi, dînez ensemble, passe la nuit avec lui ; cela te fera du bien s'il sait s'y prendre et, sinon, tu n'en reviendras que plus amoureuse vers l'homme de ta vie, mais ne parlez pas de moi. N'écoute pas ses arguments, son exaltation, sa façon d'extrapoler en mettant sa technique au service de sa foi. Je ne sens pas ce garçon. Je n'aime pas la manière dont il croit en la *tilma*. Il a cette force redoutable des esprits faibles qui finissent par ébranler les plus sceptiques par leur sincérité. Bien sûr qu'il est touchant. Et compétent. Et bien bâti. Et malheureux. Mais ne permets pas à sa voix d'étouffer la mienne. Je t'en prie...

J'en ai connu, tu sais, des faux espoirs et des vraies chances, des déceptions répétitives, des retours à la réalité... On a été si près de m'oublier, parfois, de nier mon existence, de me salir, de me détruire... De me relâcher. Mais toujours l'Image était plus forte. Toujours la Vierge dont je n'ai plus de nouvelles triomphait de mes détracteurs.

Il y eut d'abord, sept ans après ma mort, cet Alonso de Montufar qui avait remplacé à l'évêché le franciscain Zumarraga et qui, en tant que dominicain, ne détestait pas voir entacher l'œuvre de son prédécesseur. Les théologiens de son entourage affirmaient que

145

la dévotion envers cette madone à miracles, sur une colline vouée naguère à une déesse païenne, risquait de réduire à néant trente ans d'efforts pour détourner les Indiens de leurs idoles. Mais le culte rendu à ma Vierge était déjà si fort que les dominicains durent ravaler leur fiel et achever bon gré mal gré la nouvelle basilique de la Guadalupe, qui remplaçait la première chapelle devenue trop petite pour mes adorateurs.

Et je dus attendre le siècle des Lumières pour que la contestation reprenne ses droits, en la personne de l'historien Bautista Muñoz, un ambitieux qui rêvait d'entrer à l'Académie royale de Madrid. Celle-ci étant alors aux mains des rationalistes du courant Ilustración, il rédigea pour leur complaire une thèse réfutant un prodige dont il ne savait presque rien dans un pays où il ne se rendit pas, afin de préserver son impartialité.

L'attraction et l'ascendant qu'il exerça sur moi de 1792 à 1794, tandis qu'il travaillait à me dissoudre, furent mes premières vacances posthumes. La sincérité de ses mensonges, la solidité de son parti pris et la profondeur de son ignorance promettaient un retentissement qui m'emplissait d'espoir. Son argumentation reposait tout entière sur deux postulats, crétins mais efficaces : on ne pouvait se fier aux témoignages des Indiens, prêts à gober n'importe quel bobard pourvu qu'il les conforte dans le merveilleux, ni s'appuyer sur les dépositions des religieux espagnols, puisqu'ils étaient vieux et qu'à partir d'un certain âge, c'est bien connu, la mémoire s'embrouille. Quant à moi, j'étais un personnage de fiction, la créature allégorique et fumeuse d'un poète indigène qui, ricanait Muñoz, avait tenté de se faire passer pour un historien. Lui-même fut reçu avec mention à l'Académie d'histoire, ce qui accrédita rétrospectivement sa thèse auprès du tout-Madrid, mais n'eut malheureusement aucune influence négative sur la fréquentation de ma basilique.

On pouvait penser qu'il ferait des émules ; il n'y en eut qu'un, et deux cents ans plus tard : un chercheur nommé Lafaye qui s'est si peu intéressé à moi que je n'ai rien su de sa vie, ni de ses passions, ni de ses raisons, et qui n'a pas réussi à me soustraire un instant à la ferveur abusive de mes idolâtres. La thèse qu'il soutint dans une université de France s'intitulait : *Quetzalcoatl et Guadalupe : la formation de la conscience nationale au Mexique.* Mon histoire était pour lui un simple mythe construit par le clergé pour réconcilier les divers éléments ethniques, ce qui était un bon début, mais je n'étais même pas contesté en tant que témoin : il s'attachait à démonter le mécanisme de la croyance plutôt qu'à mettre en doute la réalité des faits, et l'image de la Guadalupe lui inspira pour tout commentaire : « Un mètre cinquante de haut. »

Même dans mon état, tu vois, on tourne souvent ses espoirs dans la mauvaise direction : si je fus bien déçu par les hommes de lettres, c'est à une femme de ménage que je faillis devoir mon salut. On venait de protéger depuis vingt-cinq ans à peine ma tunique indestructible par une plaque de verre, et la personne chargée de nettoyer le cadre en argent fit couler de l'acide sur le tissu, au-dessus du regard où j'habite. En toute logique le produit aurait dû crever la *tilma* : seules quelques taches jaunâtres apparurent et, tu pourras le constater, elles achèvent actuellement de se résorber, comme ont disparu tous les ajouts de peinture du XVIᵉ siècle, ces fioritures rituelles et ces symboles destinés à mettre l'Image en conformité avec l'art religieux en vigueur.

Mais ma vraie chance de libération fut l'œuvre d'un

terroriste, le 14 novembre 1921. Un garçon jovial animé d'une ardeur fanatique, qui déposa au pied de l'autel une bombe dissimulée dans un bouquet marqué « Gracias, Juan Diego ». C'est moi qui le remerciais, crois-moi, de tout cœur. Le marbre vola en éclats, le crucifix de bronze se tordit sous la violence de l'explosion, les vitraux de la basilique et tous les carreaux des fenêtres alentour furent soufflés mais ni la tunique ni l'image ne subirent le moindre dommage. J'en aurais pleuré.

Ensuite il y eut une dernière embellie quand on nomma recteur de la basilique Mgr Schulemburg, qui ne croyait pas aux miracles et qui voulait décrocher l'Image, mais déjà c'était trop tard : la science avait pris le relais de l'Eglise. La science en laquelle j'avais tant cru, cette science qui partout dans le monde avait triomphé des cultes et de l'occulte. Voilà que, paradoxe accablant, c'est elle qui entreprenait, par ses découvertes successives, de prouver l'origine inconnue de l'Image.

A chaque fois j'espérais qu'un expert allait se dresser et dire non : j'ai une explication rationnelle. Jamais ce ne fut le cas. Ou alors ils échafaudaient, pour réfuter le surnaturel, des hypothèses tellement irréalistes que même les plus cartésiens donnaient raison à la superstition. Tù en as fait l'expérience, tout à l'heure, avec ce pauvre Ponzo dont le scepticisme est louable mais les théories si fantaisistes hélas. Il ne suffit pas de s'attaquer aux reliques pour éliminer le divin. Si l'on pouvait réduire à néant mon souvenir en liquéfiant la *tilma* avec du blanc d'œuf, ce serait merveilleux. Mais les vrais scientifiques — je veux dire les esprits libres, les intuitifs, les tâtonneurs méthodiques — je ne peux pas me défendre contre eux ; sans relâche ils inventent des appareils qui mettent en évidence de nouvelles énigmes, renforçant à chaque

148

fois l'évidence du miracle qui pourtant n'en a plus besoin. Vraiment, je finirai par croire que c'est de l'acharnement contre moi.

Voilà où j'en suis. Aujourd'hui mon dernier espoir, Nathalie, c'est toi. Si je suis proclamé saint par le pape, mon sort sera scellé à jamais derrière cette vitre, et le monde entier se bousculera pour venir m'implorer. Déjà Jean-Paul II a exigé qu'on place une reproduction de la *tilma* sous la basilique Saint-Pierre, à gauche du tombeau de l'apôtre, l'endroit le plus sacré de la chrétienté romaine. Il m'a fait représenter sur une plaque de bronze, en train de montrer ma tunique à l'évêque ; pour l'instant les anti-apparitionnistes, très influents au Vatican, ont obtenu qu'il n'y ait aucune inscription précisant qui je suis et personne ne remarque ma chapelle, mais ce n'est qu'un sursis.

N'écoute pas les autres experts. Ne te laisse pas ébranler par Kevin Williams. Résiste. Laisse parler tes préjugés, tes refus, tes blocages. Cherche l'anomalie. L'erreur. Il y en a une. En pénétrant tes pensées, en m'imprégnant des informations engrangées par ta mémoire, j'ai vu cet appareil qui permet désormais de reconstituer le relief de la scène dont je suis captif, de retrouver la position respective des personnages en recoupant les données saisies par chaque œil de la Vierge. Et tu te rendras compte qu'un élément ne concorde pas. La famille, Nathalie. La famille indienne. *Elle est trop petite.* Vu la place qu'elle occupe dans le décor, elle devrait être plus grande que l'évêque. En plus vous la voyez à l'endroit où devraient figurer les roses que je laisse tomber sur le sol. Je ne sais pas ce qui s'est passé, ni si cette faute de perspective est voulue par Notre-Dame, si elle a un sens que vous découvrirez un jour, mais pour l'instant ce n'est rien d'autre qu'une *anomalie*. Mets-la en évidence, Nathalie. Appuie-toi sur elle. Impute-la à

une erreur humaine, ou mets en question l'infaillibi-
lité divine, je ne sais pas ce qui est le mieux... Sème
le doute. Mens, au besoin. Déclare que cette négli-
gence infime est la preuve qu'un faussaire de génie a
peint, avec des pigments inconnus, une œuvre indélé-
bile destinée à faire croire que la Sainte Vierge garde
un œil sur chacun de ses enfants. Mais, je t'en supplie, d'une manière ou d'une autre, déclenche une
polémique : c'est la seule issue possible pour moi. Le
Vatican est trop calculateur, trop méfiant pour risquer
une canonisation sur un dossier scientifique où la
moindre réserve peut devenir contagieuse, amenant les
autres experts à se rétracter, à différer leur verdict
jusqu'à plus ample informé. Gagne-moi du temps,
Nathalie. C'est tout ce que je te demande. Le pape
n'est pas éternel, et son successeur ne rouvrira pas
mon dossier s'il sent le soufre, trop heureux de pré-
texter la prudence pour recommencer un processus de
canonisation avec un postulant tout frais, tout neuf :
son bienheureux à lui. Si tu remportes cette course
contre la montre, Nathalie, je suis sauvé. Il suffit qu'on
cesse de croire à la divinité de l'Image qui me
séquestre pour qu'elle se désagrège. Du moins c'est
le seul espoir, la dernière illusion qui me reste.

Détruis-moi, Nathalie, que je finisse de mourir en
paix, que je connaisse l'autre monde, que j'y retrouve
ma femme, que je puisse quitter mon vêtement et mes
attaches terrestres, comme tout un chacun. C'est mon
droit, c'est mon devoir, c'est ma condition d'être
humain ; j'ai été choisi au hasard et je perdure par
erreur ou par omission, artificiellement prolongé au
mépris de la loi commune. Je ne veux plus être seul,
Nathalie. Je ne veux plus souffrir l'exception.

Aide-moi...

Le bar-terrasse est un long balcon étroit où une dizaine de guéridons s'alignent, sous les cheminées en briques disjointes et les redents du toit qui s'effritent. Coincée contre la rambarde que des chaînes relient au mur, je domine la playa de la Constitución, de l'ancien palais du gouverneur à la cathédrale étayée par des poutrelles. Un drapeau mexicain enfle et ondule sur l'esplanade, au-dessus d'un bac de gravier blanc où des poules en stuc monumentales figurent les pièces d'un jeu d'échecs, îlot d'art moderne au cœur de ce gothique en voie d'effondrement. La circulation est curieusement fluide, l'air presque doux à respirer, le silence insolite.

Kevin Williams enjambe le seuil de la porte-fenêtre, dans son smoking trop court, un classeur à soufflets dans les mains. Il me cherche des yeux, baisse la tête pour passer sous les chaînes, s'assied en face de moi.

— Vous avez commandé quelque chose ?

— Je vous laisse faire.

— Tequila, ordonne-t-il à une serveuse qui penche, immobile au milieu du balcon.

Puis il retire les élastiques fermant son classeur avec une lenteur provocante, sans me quitter des yeux, comme s'il entamait un strip-tease.

— Prête pour le choc ?

J'acquiesce d'un battement de cils. Il coince le rabat de carton sous le cendrier, et me tend, d'un mouvement solennel, une photo où deux gamins à grimaces entourent une blonde fanée sur fond de monospace.

— Wendy et les garçons, précise-t-il devant mon air perplexe.

Et il recouvre l'épreuve avec un agrandissement quadrillé.

— L'œil gauche de Wendy, grossi mille fois. Vous pouvez m'y voir en trois exemplaires, en train de prendre la photo. Mais je ne vous apprends rien. A présent voici la même valeur de plans, avec un traitement numérique analogue, mais appliqué au regard de la Sainte Vierge.

J'oriente les agrandissements vers la lanterne qui oscille au-dessus de la porte-fenêtre. Si j'ai facilement discerné les reflets chez Wendy, là j'ai du mal à voir autre chose que des ombres et des taches.

— C'est normal, me rassure-t-il d'un ton compréhensif : il y a trop de monde. Faisons un bond de trois ans et voici l'aboutissement de mes recherches.

Le plateau arrive en même temps. Kevin, contrarié, replie son bras, cachant l'épreuve contre lui tandis que la serveuse dépose sur le guéridon la tequila et ses accessoires : jus de tomate, salière, citrons verts et *tapas*. Puis il me tend fièrement une sorte de coloriage enfantin découpant treize silhouettes dans l'œil en noir et blanc. A petits claquements de langue, il savoure mon silence, me laisse mariner quelques secondes, puis me soumet l'un après l'autre les tirages isolant chaque personnage, avec sa fiche signalétique. L'hidalgo barbu, Juan Diego, l'évêque Zumarraga, sa servante noire, un Indien assis avec une calebasse, Juan Gonzalez le traducteur et une famille au complet, du vieillard au bébé.

Je reviens sur la deuxième fiche, désigne la ligne

de contour blanche qui délimite le reflet à bonnet pointu et long bavoir baptisé « Juan Diego ».

— Où l'avez-vous trouvé ?

— Dans la cornée gauche. Il est en train de montrer sa *tilma* à l'évêque.

— La *tilma* sur laquelle viennent de s'imprimer les yeux de la Vierge où se reflète cette scène ?

— Parfaitement, dit-il sans flairer le piège.

— Et comment se fait-il qu'on le voie dans les yeux du vêtement qu'il est en train de porter ?

Kevin avale ses lèvres, puis baisse la tête. Je m'en veux un peu d'avoir si brutalement foutu par terre trois ans de recherche, mais il reprend d'une voix douce, comme si c'était moi qu'il convenait de ménager :

— Là, je vous préviens : nous quittons le domaine de la science. Ce que je vais vous confier est une supposition sans la moindre preuve, une intuition uniquement dictée par la logique.

— Je vous écoute, dis-je d'un ton vibrant pour le mettre en confiance.

— Elle était là. La Sainte Vierge. Au moment où son image s'est matérialisée sur le tissu, elle était en train de contempler la scène, invisible, à soixante centimètres du sol et trente degrés à la droite de l'évêque — ce qui est, d'après mes calculs sur la position respective des personnages dans les deux yeux, le point de vue le plus probable.

— Le point de vue d'une Vierge invisible ayant visualisé dans les yeux du tissu tout ce que voyait son regard invisible ?

Il marque un temps, gêné par ma formulation, finit par répondre oui. Je détourne la tête vers la place où plus aucune voiture ne circule. C'est drôle, cette impression de couvre-feu, ce silence artificiel ponctué par des sons qu'on ne devrait pas entendre : un claquement de talons hauts sur le pavé, le gémissement d'un chien, une sonnerie de téléphone au fond d'un appartement, un battement d'ailes dans le clocher de la cathédrale, un écoulement d'eau à l'étage en dessous. Jamais je n'aurais cru trouver, dans l'une des métropoles les plus bruyantes du monde, cette atmosphère de veillée romantique au-dessus d'une fontaine de village.

— Voilà sur quoi je me fonde.

Je reviens au présent dans les lunettes rondes du chercheur de la Nasa. Il rapproche sa chaise de la table et, en guise d'argument suprême, me fait constater sur l'agrandissement suivant que la *tilma* qui se reflète dans l'œil gauche ne porte pas encore l'image de la Vierge. Puis il me lance gaiement :

— Alors... quelle est votre opinion ?

Avec la meilleure volonté du monde, tout ce que je trouve à lui répondre, c'est :

— Vous êtes catholique.

Dans un double élan de ferveur, il s'insurge et revendique :

— Protestant ! Et la foi n'a jamais influencé la rigueur de mes travaux !

— Sauf que vous concluez sur l'hypothèse de Dieu.

— Ce n'est pas une hypothèse et je ne conclus pas. Je me contente de mettre en évidence un phénomène scientifiquement inexplicable : à chacun d'en tirer les conséquences !

Je reprends les différents tirages, les compare, les regarde de loin puis les rapproche. Il se détend, et la fierté vient remplacer dans sa voix l'accent agressif de l'innocent qui, malgré lui, s'est senti coupable d'être accusé à tort.

— Je suis habitué aux procès d'intention, vous savez. Tout le monde s'est moqué de moi, au début, à la Nasa. Ils rient moins, maintenant. Sur le programme Pathfinder, dans mon équipe, j'ai eu trois pèlerinages. Allez, buvons pour vous remettre !

Il retient ma main qui avance vers le jus de tomate.

— Non, surtout pas dans cet ordre ! Faites comme moi.

Son regard étincelle, son sourire déborde, l'excitation de ses découvertes lui donne dix ans de moins. Je crois qu'il est totalement sincère, et que j'ai mieux à faire que tenter de saper ses certitudes.

— D'abord une gorgée de tequila, puis vous mettez une pincée de sel sur le citron vert et vous le pressez au-dessus de votre bouche, comme ça, ensuite vous avalez un trait de jus de tomate, vous mangez deux *tapas*, et vous recommencez.

La minutie du rituel me serre la gorge. Je pense aux croque-monsieur de Franck, à la litanie pain-beurre-jambon-gruyère-poivre, à nos discussions passionnées sur les expériences de cornée artificielle qui se terminaient sous la couette. Entre la nostalgie du passé, l'envie de neuf et les schémas qui se répètent, je ne sais plus où situer ce grand échalas fébrile qui me regarde boire « dans l'ordre » avec reconnaissance et anxiété.

— Vous n'aimez pas ?

Je le rassure d'un sourire. C'est ignoble, surtout vers la fin, avec ces espèces de bouts de pizza aux haricots rouges. Je refais un tour complet, dans l'espoir que la tequila chassera le goût des *tapas*. La deuxième fois c'est moins mauvais, la troisième c'est presque bon et dès la quatrième on n'arrive plus à s'arrêter. Le citron salé exalte l'alcool tout en neutralisant le piment du jus de tomate. Ça doit cautériser les papilles : plus on boit moins c'est fort, plus on s'enivre et moins on se croit saoul. Je lui fais part de mes impressions. Il confirme, ajoute que ça explique le nombre d'assassinats à la sortie des bars. Il commande une autre tournée, remonte les manches de son smoking et plante avec un air gourmand ses coudes sur le guéridon.

— J'attends vos objections, Nathalie. Allez-y.

Pour ne pas l'attaquer de front tout de suite, je lui demande comment il est arrivé, techniquement, des reflets oculaires à cette galerie de portraits-robots.

— Même traitement que pour les photos de Mars, répond-il simplement.

— Mais encore ?

— J'ai d'abord numérisé les images en utilisant différentes tailles de quadrillage, de vingt-cinq à six microns, pour obtenir jusqu'à vingt-huit quadrilatères par millimètre carré.

Je ponctue d'une moue polie ces chiffres qui ne m'évoquent rien.

— Puis j'ai employé un scanner d'une précision de mille deux cents pixels par pouce, et j'ai réalisé des grossissements atteignant deux mille fois la taille originale. Sans aucune déformation, bien au contraire, puisque chaque image est aussitôt améliorée digitalement. A partir de là j'ai travaillé avec trois types de filtres : les adoucissants pour réduire les formes régulières des sous-images, les combinés pour contraster certaines parties, et les intensifiants pour faciliter l'interprétation visuelle. Je vous ai montré les personnages contenus dans chacun des yeux : vous pouvez constater qu'ils se trouvent en situation correspondante, qu'ils occupent les mêmes positions relatives et, surtout, que l'ensemble coïncide avec ceci.

D'une détente de magicien, il brandit sous mon nez une carte postale.

— C'est un tableau du grand peintre mexicain Miguel Cabrera, peint en 1760, qui représente, fidèle aux récits des témoins, l'épisode dit du « Miracle des roses ». Vous voyez que tous les protagonistes y figurent et que leur place, leur taille, leurs traits et leurs vêtements sont conformes à la scène que j'ai reconstituée dans les cornées de la Vierge.

— Mais reconstituée de quelle manière, Kevin ?

— Par morphing.

— J'ai donc sous les yeux des images potentielles élaborées par un programme informatique.

Il acquiesce.

— C'est-à-dire une création de formes due à un logiciel opérant par analogie. Il analyse des taches et il les interprète. Si vous lui donnez la photo d'un nuage, il y verra une maison, un chien ou la carte de l'Afrique.

— Le hasard n'entre pas en ligne de compte, réplique-t-il sans se vexer, nimbé d'une certitude sereine. J'ai travaillé avec les logiciels les plus sérieux du marché : APL, Micrografx, Photomorph...

Mon pied rencontre le sien, sous la table. Comme il ne le retire pas, je prolonge le contact, sans en trouver le moindre écho dans sa voix qui poursuit, imperturbable :

— ... Et, en dernier lieu, j'ai employé le codage mathématique que j'utilise à la Nasa pour traiter les photos de l'espace. A partir des chiffres représentatifs de l'image, j'ai effectué des opérations arithmétiques agissant comme un filtre optique, pour souligner les corps réellement présents sur l'image, en détectant leurs formes. Qu'est-ce qui vous fait sourire ?

— L'adverbe « réellement ».

— Je ne comprends pas ce qui vous choque. Que j'aie découvert treize personnes dans une cornée de huit millimètres de diamètre ?

Une excroissance inattendue contre mon orteil me

laisse entendre que je fais du pied à la table. Je retire ma jambe.

— Ce n'est pas une question de taille, Kevin, mais de point de vue. Je pense que tout ce que vous avez trouvé, c'est parce que vous l'avez *cherché*. Vos logiciels avaient pour mission de détecter les témoins de la scène chez l'évêque. Vous êtes parti d'un tableau du XVIIIᵉ et vous avez fait rentrer dans les yeux de la madone tout ce qu'avait représenté le peintre.

— Qu'est-ce que vous racontez ? Je n'ai introduit aucune directive dans mes programmes !

— Non, mais vous avez rejeté toutes les interprétations qui ne cadraient pas avec votre *vision* de la scène. Jurez-moi en face qu'aucun logiciel ne vous a jamais proposé un reflet de Batman, un camion-citerne ou la servante noire faisant une pipe à l'évêque.

Il hausse les épaules et referme son classeur.

— Il est impossible de discuter avec vous.

Je pose une main sur son poignet, doucement.

— Excusez-moi, Kevin. Je vous provoque, c'est tout. A défaut de vous exciter.

Il retire sa main, écrase un moustique imaginaire contre sa nuque, repose les doigts sur ma paume.

— Ne croyez pas ça, Nathalie. Moralement, vous me posez un vrai problème.

— Pourquoi ?

— Si vous tenez absolument à appeler les choses par leur nom...

Ses points de suspension et son regard accroché au clocher peuvent aussi bien signifier un état d'érection que son absence cruelle. Dans le doute, je réponds merci.

— De rien. Ce n'est pas sexuel. Je veux dire : ce n'est pas contre vous, mais... vous ne m'attirez pas sur le plan physique.

— Excusez-moi. Bonne nuit.

Il retient mes doigts, les écarte et les plie l'un après l'autre.

— On est en train de se méprendre, Nathalie.

— Méprenez-moi.

Mon sourire suave lui arrache une grimace de contrariété.

— Non, je suis sérieux... Ce qui m'émeut terriblement en vous, c'est le fait qu'on partage mes travaux, que je puisse enfin exprimer dans un contexte privé ce qui m'obsède depuis trois ans. Il est exclu d'aborder le sujet avec Wendy. Elle ne supporte pas ma passion, le temps que je consacre à l'image...

— Elle est jalouse de la Vierge ?

Un sourire gamin lui fait soudain rentrer le menton dans son nœud papillon.

— Remarquez, il y a de quoi. J'ai accroché dans notre chambre deux posters d'un mètre sur trois. L'œil gauche face au lit, le droit entre les fenêtres.

— Ça doit être sympa, quand on fait l'amour.

— Nous ne faisons plus l'amour depuis la naissance des jumeaux.

J'enregistre la nouvelle avec une discrétion courtoise, tandis qu'il ramasse ses épreuves et les range une à une dans son classeur. Au coin de la place apparaît un groupe de jeunes qui marchent en ligne, précédant une camionnette à haut-parleur drapée dans un calicot FRENTE POPULAR INDEPENDENTE. Des dizaines de porteurs de pancartes suivent au pas, brandissant l'effigie d'un carnassier à la moue rassurante, dans la rumeur du mégaphone où je reconnais quelques mots clés : *libertad, revolución, compañeros...*

— Ils ont quel âge ?

— Trois ans et demi. L'incommunicabilité est totale, entre Wendy et moi, mais la façade est sauve. Tout Seattle nous envie.

Reprenant les slogans, d'autres manifestants

arrivent au coude-à-coude par les six avenues qui débouchent sur la place. Le cortège grossit et entoure l'esplanade d'un cordon sinueux. Vu d'en haut, c'est très beau. Tandis que la serveuse nous allume une bougie, je demande à Kevin comment il a été recruté par le Vatican.

— De la même manière que vous, je suppose, répond-il avec un air tracassé. Pour en revenir à Wendy...

J'attends la suite, le regard dispos, le sourire en attente. Il contemple d'un air excédé la manifestation d'où montent à présent des sons de trompette.

— Oui ? dis-je pour l'encourager.

— Non, rien.

J'observe les chaînes noires qui relient, tous les trois mètres, le sommet du mur à la rambarde. Chaque fois que les filles apportent une commande, elles marchent la tête inclinée de côté pour éviter que les maillons ne perturbent leur brushing.

— Les chaînes sont censées nous stabiliser en cas de séisme ? proposé-je pour mettre un peu de piment dans le désir qui tiédit sous la clameur populaire.

— C'est surtout pour éviter que le balcon ne tombe sur les passants.

Je m'écarte du bord en mimant l'effroi, cherche le rire dans son regard. Je n'y vois que de la résignation, du sérieux, de la souffrance.

— J'aurais tellement aimé rester en phase avec Wendy, soupire-t-il. Partager le même centre d'intérêt...

Je termine mon verre, lèche les dernières traces de sel.

— Vous savez, Kevin, j'ai vécu cinq ans avec un homme qui était obsédé comme moi par la cornée artificielle. Avoir une passion commune n'empêche pas les problèmes dans un couple.

160

— C'est gentil.

— Quoi donc ?

— De ne pas me laisser d'illusions.

Son air puni, son timbre atone me serrent le cœur.

— *Libertad si, mundialisación no !* s'égosille un porte-voix.

— Bon, je vais peut-être aller me coucher, dit-il en agitant la main.

Je ne réponds rien. On lui apporte l'addition, il la signe, se lève, regarde le cortège tourner autour de la place dans un bruit grandissant. Je m'accoude à côté de lui contre la rambarde. Il dit :

— Ce ne serait pas juste non plus de tout mettre sur le dos de la Vierge.

— Pardon ?

Il clarifie sa phrase trois tons plus haut, pour couvrir les slogans.

— Je veux dire : c'est à cause de moi que Wendy est en dépression. Mon ascension à la Nasa, d'abord : je sais bien qu'elle en a pris ombrage. Elle-même est professeur de linguistique, elle espérait sa titularisation à Columbia, et il y a eu des obstructions... Dans le même temps où mes travaux sur Pathfinder étaient relayés par les médias. Nous avons même eu des caméras de télé, à la maison... La vie privée d'un chercheur. La comédie du bonheur modèle, le petit déjeuner dans le jardin, le base-ball avec les enfants, la mère qui prépare une tarte pendant que le père tond la pelouse ; les joies simples d'une famille épanouie... Wendy s'est prêtée à cette mascarade avec une... une facilité... Je veux dire : c'est peut-être ce qui m'a fait le plus mal. Je me suis mis à penser : si elle joue la comédie avec autant d'aisance, elle peut très bien la jouer tout le temps. Pardon de vous parler encore d'elle...

— Et les poissons ?

— Les poissons ?

— Vous évoquiez un aquarium, au téléphone, tout à l'heure...

— Non, c'est à cause de Zelda. Une tortue que les enfants ont ramenée de nos vacances à Disneyworld, et qui a dévoré tous les poissons, justement. Les cichlidés de Wendy, une espèce très rare, des poissons de collection... Mais j'ai refusé de sévir, de jeter Zelda dans les toilettes. J'ai pris le parti des jumeaux. Ç'a été dramatique, avec Wendy. Je sais bien que je n'aurais jamais dû laisser l'aquarium à la tortue, je sais bien qu'elle a raison ; c'est un symptôme, une démission, un refus d'assumer l'autorité parentale... Vous ne trouvez pas ?

Je trouve surtout que c'est génial de vivre seule, sans conjoint, sans gamins, sans rapports de forces ni tragédies quotidiennes autour d'un bocal. Attendrie par sa détresse, je lui dis qu'on n'est peut-être pas obligés de continuer à crier sur le balcon, et que s'il me propose de prendre un verre dans sa chambre, je promets de ne pas le violer.

Une détonation fige la foule. Les slogans s'interrompent.

— Ne vous moquez pas de moi, murmure-t-il. J'adorerais avoir envie de vous.

Les manifestants se dévisagent, se retournent, s'écartent, cherchant la provenance du coup de feu, le point d'impact. Une salve de pétards éclate au coin de la cathédrale. Kevin pivote soudain, ramasse son classeur à soufflets, rentre dans le bar. Je le suis. Il longe les grilles de l'ascenseur d'honneur, s'engage dans un couloir immense aux lumières ternes. Tout au bout, face à l'aérateur de la buanderie, il glisse sa clé dans la serrure, ouvre la porte, me fait signe d'entrer. Sa chambre est beaucoup plus grande que la mienne, avec un baldaquin, deux trônes incrustés de verroteries et une table en pierre aux pieds sculptés, où un serpent à plumes étouffe un âne qui a dû perdre une oreille lors d'un passage d'aspirateur.

— Je peux vous faire une confidence très intime ?

J'acquiesce avec voracité. Mon enthousiasme le refroidit un peu, mais il referme sa porte, pose son classeur et s'arme de courage, debout en face de moi.

— C'était pendant les vacances à Disneyworld, justement. Nous étions partis avec un autre couple. Un collègue de la Nasa qui a deux enfants aussi et dont l'épouse s'entend assez bien avec Wendy : elle a un problème d'obésité. Elles restaient à la piscine de l'hôtel pendant que nous emmenions les enfants au parc. Le plus souvent nous faisions les attractions tous ensemble, mais une fois... Ils étaient trop petits, je suis monté seul avec Bob dans les Space Mountains. Nous avons eu très peur, dans le noir ; la descente est vertigineuse et...

Les mots s'espacent, la salive lui manque. Je lui prends la main, doucement, pour l'aider. Le front haut, le regard fixe, il essaie courageusement d'aller au bout du souvenir. Mais en fait il me décrit surtout l'attraction, un genre de montagnes russes avec des raffinements et des effets spéciaux. Ça fait bizarre, une confession qui ressemble autant à un dépliant pour touristes.

— Je ne peux pas dire qu'il se soit passé quelque chose de précis entre nous, conclut-il, mais c'était réciproque. Ça, je le sais. Ce trouble, ce... Cette envie d'un... Et ce refus, surtout... Tout le temps du séjour, ensuite, on s'est comportés comme si on était coupables aux yeux de tous. Et maintenant on n'ose plus se parler, à la Nasa. Tout le monde doit s'imaginer qu'on a une aventure ensemble. Je pense que Wendy a reçu des appels anonymes. Elle n'est plus la même, depuis... Il y a quelque chose de différent dans son hostilité. Un mépris qui n'y était pas avant.

Je pose les mains à plat sur ses épaules, le fais asseoir lentement sur son lit. Il me regarde avec autant de désarroi que de confiance.

— Je vous choque ?

— Moi je vais vous choquer, Kevin. Je pense que vous devriez appeler Bob et aller vous éclater ensemble un week-end à San Francisco.

Il hausse les épaules.

— Vous croyez que c'est aussi simple ? Il éprouve exactement le même blocage moral que moi. Si c'est le seul conseil que vous puissiez me donner...

Je soupire en remettant son nœud papillon à l'horizontale.

— J'en ai un autre, Kevin. Je pense que le meilleur moyen de régler votre problème avec Wendy, c'est en effet d'avoir une expérience homosexuelle. Mais ça serait quand même plus simple si vous évitiez de tomber amoureux d'un autre hétéro.

Il détourne son visage. Il a les yeux pleins de larmes.

— Si vous saviez le dilemme que j'endure... Le reproche vivant, ajoute-t-il en désignant le classeur à soufflets.

— Laissez la Vierge tranquille... Vous avez fait votre boulot, vous allez témoigner au procès de Juan Diego, et voilà. Passez à autre chose.

Il se relève, fonce vers le placard, en sort un tube à poster qu'il ouvre avec un « blong » de dessin animé. Et il revient étaler sur le lit un agrandissement colorié de ce qu'il appelle le « groupe familial » : un jeune à sombrero fixant une femme qui porte un bébé sanglé dans le dos, des grands-parents qui les contemplent et une fillette qui cherche des poux dans les cheveux de son frère.

— Ils n'ont rien à faire dans la maison de l'évêque, vous êtes d'accord ? Regardez la position qu'ils occupent au centre de la pupille. Par rapport au décor, aux autres personnages... Ils ne sont pas à l'échelle. Ils ne sont pas en situation. Ils ne sont pas tournés comme les autres vers Juan Diego déroulant sa tunique. *Ils se regardent*, en souriant, en vase clos. Vous comprenez ? Ils ne font pas partie de la scène. Ce n'est pas un reflet réel imprimé sur la cornée de Marie, c'est un message qu'elle a voulu nous délivrer. Un message qui concerne directement notre époque, au même titre que les races différentes cohabitant dans ses yeux : les Blancs, les Indiens, la servante noire... L'apparition a multiplié les détails que seule la technologie actuelle nous permet d'apprécier, mais aussi les allusions auxquelles les dangers d'aujourd'hui redonnent un sens crucial.

— Où voulez-vous en venir ? La famille est une valeur en péril dans nos sociétés, alors la Vierge Marie nous tire une sonnette d'alarme ? Mais arrêtez de projeter vos problèmes personnels dans ses yeux, Kevin ! Moi aussi je peux faire l'interprétation qui me correspond. Ce que je vois, moi, c'est une tribu repliée sur elle-même qui s'autosurveille sans remarquer l'événement considérable qui se déroule à deux pas.

Ses doigts lâchent le poster qui se réenroule tout seul. Il me fixe avec un genre d'horreur, tourne le dos et va dans la salle de bains. Silence. S'il revient tout nu, j'allume un cierge.

Fermeture Eclair. Bruit d'eau. Tintement non identifié. Re-fermeture Eclair. En me déplaçant légèrement vers le miroir, je le vois reposer sa trousse de toilette sur la tablette du lavabo. Il se recoiffe d'un coup de doigts, repasse dans la chambre.

— J'ai pris un somnifère, dit-il pour signifier la fin de l'entretien.

J'entérine son choix d'un geste fataliste, me dirige vers la sortie. Je regrette un peu de l'avoir blessé dans ses convictions, mais je m'en veux surtout de l'avoir dragué pour rien. C'est la première fois que je me sens humiliée par un désir.

— Ne partez pas, murmure-t-il.

Je me retourne d'une pièce.

— Et on fait quoi ? On joue au scrabble en attendant que le somnifère agisse ?

— Il y a autre chose que je ne vous ai pas dit.

— Ecoutez, Kevin, je n'ai rien contre vous, mais j'ai un homme dans la tête, moi aussi, j'ai failli le tromper et maintenant j'ai envie de lui parler, voilà. Bonsoir.

— Envoyez-lui un e-mail, répond-il doucement en désignant le portable sur la table en pierre.

Je l'observe, désarmée. Il replie le couvre-lit, ôte sa veste, détache son nœud papillon, sans me quitter de son regard implorant. Comme si le fait de me voir communiquer devant lui avec l'homme que j'aime allait le soulager du poids des confidences qu'il m'a faites. Pour que nous soyons quittes en rééquilibrant la gêne. Je suis très sensible à cette délicatesse. Ça ne serait peut-être pas judicieux de le lui dire, mais je pense que ce sont ses complexes, ses frustrations et ses interdits qui lui ont permis de rester un être humain à peu près intact. Je m'approche de lui, dépose un baiser sur ses lèvres, me retire au moment où il me répond. Le « smack » qu'il émet dans le vide achève de me réconcilier avec ce grand garçon malheureux.

— Si on se promettait une chose, Kevin ? D'arrêter l'un comme l'autre de nous sacrifier pour des conneries. Il y a un seul Dieu auquel je suis tentée de croire, parfois. Une sorte de voix intérieure qui s'adresserait à nous dans notre tombe, en nous engueulant pour toutes les occasions de bonheur qu'on n'a pas su saisir.

— Promis ! bredouille-t-il en levant la main d'un air pâteux.

Ses paupières se ferment tandis qu'il retire son pantalon, ôte ses mocassins du bout de l'orteil et se couche en chaussettes grises, caleçon bleu ciel et bras de chemise. Il faudra que je lui demande le nom de son somnifère, demain matin.

Je m'assieds devant son portable, l'allume. En attendant l'accès sur Internet, je repense à ce dragueur anonyme qui était venu pirater ma discussion avec mes confrères japonais. *Tu vas bientôt me connaître, jolie Nathalie, et je m'en réjouis...* Cette intrusion sans suite continue de me perturber plus que de raison, associée à la visite du cardinal Fabiani, et maintenant l'image de Kevin Williams se greffe sur le malaise tandis que j'expédie à Franck une petite phrase timide et vague. Mais que lui dire d'autre ? Le mélange de tendresse, d'agacement et de désir à vide que j'ai éprouvé ce soir pour une tierce personne me l'a rendu plus proche, plus lointain que jamais. Quel avenir, quel présent pouvons-nous avoir encore, avec mes élans contradictoires, mes dérapages et les entorses à mes résolutions ? Je suis fatigante. J'aimerais tellement renoncer à lui, ou pouvoir l'aimer en paix.

Le téléphone sonne. J'ai fait un bond sous le grelot ancestral qui ébranle le combiné de la table de chevet. A la troisième sonnerie, voyant que Kevin Williams ne bronche toujours pas, la respiration régulière et le front détendu, je décroche.

— Allô ?

— Euh... C'est le docteur Krentz ? vérifie la voix du père Abrigón.

— Elle-même.

Après un silence, le prêtre me demande si le professeur Williams est là. Je confirme. Il dit qu'il est désolé de nous déranger, mais que l'avion du Dr Berlemont vient de se poser : il nous rejoint directement à la basilique pour l'expertise, les autres sont dans le hall de l'hôtel avec leur matériel et le minibus nous attend.

Je prends acte, et raccroche en regardant Kevin qui sourit en dormant. Je le secoue, doucement. Rien. J'insiste. Il attrape ma main en gémissant dans son sommeil, et la glisse sous le drap. Bon. Le fou rire que je retiens doit lui transmettre des vibrations dont l'effet commence à se faire sentir. Il lâche soudain mes doigts et se réveille d'un bond.

— Qu'est-ce qui se passe ?

— L'expertise a lieu tout de suite, dis-je en sortant ma main de sous le drap avec le plus d'élégance possible.

— Merde, bredouille-t-il, j'ai pris deux Morphényl.

Je fonce chercher un Coca dans le minibar, le lui ouvre tandis qu'il renfile son smoking.

— J'ai dormi longtemps ?

— Non. Le temps que j'envoie mon e-mail.

Il vide le Coca, m'en demande un deuxième, sort de l'armoire une valise et un trépied à coulisse.

— Mais pourquoi ils sont toujours pressés, dans ce pays, dès qu'ils arrêtent d'être en retard ? fulmine Kevin. C'est un moment solennel, une occasion unique, et ils traitent ça comme un voyage organisé, un rallye à surprises...

Il se redresse brusquement, me demande d'une voix nouée s'il s'est passé quelque chose entre nous. Je démens. Il répond « ah bon », avec un pourcentage égal, je crois, de déception et de soulagement.

Au centre du hall, les trois spécialistes en tenue de travail, plantés autour de leurs équipements respectifs, se tournent dans un beau mouvement de blâme unanime vers ma robe du soir et le smoking de Kevin. En passant prendre ma mallette, j'ai failli me changer, mais finalement j'ai préféré qu'on reste assortis. J'hésite à marcher trois pas devant lui, et puis je me dis que je suis encore présentable et que, psychologiquement, ça ne peut lui faire que du bien : je lui prends la main avec une gaieté ostentatoire et leur demande s'ils ont passé une bonne soirée. L'historienne nous tourne le dos, tandis que le Russe me cligne de l'œil et que l'Allemand lâche un soupir. Kevin me remercie d'une pression des doigts, étouffe un bâillement qui achève d'homologuer notre liaison.

Sans manifester la moindre réaction, le père Abrigón nous aide à monter notre matériel dans le minibus.

— Voilà comment nous allons procéder, expose-t-il dans son micro, les fesses décollées du tableau de bord par le démarrage brutal. L'équipe de déminage est en train de retirer la vitre de protection — n'ayez crainte, il n'y a aucun danger : simplement ce sont les mains les plus sûres de Mexico. Pour des raisons de sécurité, l'Image ne sera pas descendue de son support. Vous grimperez tour à tour sur l'échelle des artificiers, et vous vous livrerez à vos divers examens dans l'ordre suivant : M. Berlemont, Mme Galan Turillas, Mlle Krentz, M. Traskine, M. Williams et M. Wolfburg. N'y voyez pas le moindre soupçon de préséance, c'est simplement l'ordre alphabétique.

— Je ne suis pas d'accord, intervient l'Allemand. Il est hors de question que je passe après Williams s'il travaille aux infrarouges. Exposer les pigments à des radiations peut fausser mes analyses.

Le prêtre se tourne vers Kevin qui s'est rendormi contre moi. J'acquiesce de sa part. Abrigón rature sa petite feuille.

— J'ai le plus grand respect pour le Dr Krentz, déclare posément le Russe, mais je ne me cantonne pas aux étoiles figurant sur le manteau : j'ai besoin de toute la surface de l'Image pour y projeter ma carte du ciel. Si on accroche un panneau grossissant devant les yeux...

— Je n'utilise que mon ophtalmoscope, dis-je pour le rassurer. Mais ça ne me gêne pas de passer après vous.

— Merci.

Abrigón rajoute une flèche sur sa liste en soupirant.

— Je ne sais pas quel appareillage installera le Dr Berlemont, s'immisce l'historienne, mais il nous a déjà suffisamment retardés : moi je n'ai besoin que de vérifier des détails à l'œil nu : il me semblerait logique de passer la première.

— Sauf que vous n'êtes pas en décalage horaire, objecte aigrement l'Allemand. Pensez à ceux qui n'ont pas dormi depuis vingt-quatre heures.

Le Russe opine, et la Mexicaine riposte en désignant mon compagnon : il y en a qui n'ont pas franchi l'Atlantique et que ça n'empêche pas de dormir ; ils n'ont qu'à céder leur tour.

— Il passe déjà en dernier ! lui fait remarquer le prêtre avec une patience qui s'effiloche.

— Cela dit, concilie-t-elle d'un air pincé, j'ai déjà formulé sur photos mes conclusions : la tenue de la Vierge est conforme à celle des jeunes juives du Ier siècle, les ornements sont typiques de la fin du Moyen Age espagnol, et les motifs ont tous une origine allégorique aztèque. Si ma présence vous paraît superflue, je peux très bien attendre dans le bus.

— Ne le prenez pas contre vous, laisse tomber l'Allemand avec condescendance, mais admettez quand même qu'une analyse de pigments et une projection cosmographique sont plus délicates à effectuer qu'une description de costume.

— Description de costume ! s'étrangle-t-elle. C'est une découverte fondamentale que j'ai faite sur la double signification aztèque de chaque symbole chrétien ! On le sait, que l'image n'est pas composée de peinture et que les étoiles de l'époque s'y reflètent !

— Non, justement, on ne sait pas tout ! s'énerve à son tour le Russe. En projetant la carte des constellations du 12 décembre 1531 à dix heures quarante, on obtient la position exacte des étoiles qui figurent sur le manteau bleu, mais moi je vous révèle aussi ce que vous ne voyez pas ! La Couronne boréale arriverait sur la tête de la Madone, le signe de la Vierge à la hauteur de ses mains jointes et le signe du Lion sur son ventre !

— Cette terminologie n'a aucun sens ! coupe l'historienne. Pour les Aztèques, le signe du Lion n'est pas identifié à un lion, mais à un cercle entouré de quatre pétales, le Nahui Ollin : le centre du monde, le centre du ciel, le centre du temps et de l'espace.

— Ça revient au même, réplique le Russe. L'étoile la plus importante du Lion s'appelle Regulus, « le petit roi », et elle se projette à l'heure de l'apparition sur le ventre contenant l'embryon de Jésus-Christ.

— Et comment les Aztèques auraient-ils compris l'allusion ? Ce qui importe, c'est que la position des étoiles forme le signe symbolique du roi, convergeant vers la fleur à quatre pétales qui fixe le centre du monde au ventre de la Vierge : c'est en cela seulement que les Indiens ont reçu le message !

— A condition que les étoiles soient d'origine ! décrète l'Allemand. Pour moi c'est un rajout de peinture du XVIIᵉ, comme les rayons dorés et la lune sous les pieds, une mise en conformité avec la vision de l'Apocalypse de saint Jean, et je vous le prouverai par

171

un simple tritest oxydant-décolorant-solvant, si toute-
fois on me laisse accéder à l'Image !

— Je vous interdis de toucher à mes étoiles !

— C'est fini, oui ? s'écrie brusquement le prêtre.
J'ai eu assez de mal à mettre sur pied cette expertise, ne me compliquez pas encore les choses !

Kevin se redresse sur son siège, surpris. Les autres
détournent les yeux comme les enfants d'une colonie
de vacances quand le moniteur se fâche.

— Je suis désolé d'avoir à vous rappeler que vos
examens se dérouleront dans un lieu saint, où le
silence et l'humilité sont requis au même titre que la
compétence !

Et le père Abrigón ferme son micro pour clore la
discussion, se retourne face au pare-brise.

Dans le grand tipi de béton vide, une charge
d'angoisse et de solitude nous tombe sur les épaules.
Au garde-à-vous tout autour des tapis roulants immobiles, les artificiers observent l'image de la Vierge
avec un recueillement contagieux.

L'un après l'autre, les experts, vêtus d'une combinaison stérile, gravissent l'échelle sous l'éclairage
nécessité par leurs travaux. Le père Abrigón, nerveux,
regarde constamment autour de lui, comme s'il crai-
gnait une protestation divine ou le retour inopiné de
son recteur.

L'historienne applique des calques, vérifie la position des symboles, prend des mesures avec un mètre
de couturière. Puis le Dr Berlemont, un chauve
réservé, empoigne les barreaux, monte regarder à la
loupe le ventre de la Vierge et redescend nous confirmer qu'elle est enceinte de trois mois. Je le suis des
yeux tandis qu'il se dirige vers la sortie.

— Il est venu simplement pour ça ? chuchoté-je à l'oreille du père.

Abrigón secoue la tête, murmure que l'enquêteur canonique doit examiner demain matin les deux cas de miracle retenus en faveur de Juan Diego. J'hésite à rejoindre mon confrère, mais comme le Russe a pris du retard avec l'installation de son rétroprojecteur et que l'Allemand n'est pas encore prêt, absorbé au-dessus de sa valise de fioles et de pipettes, le prêtre me propose de prendre leur tour.

Je sors mon ophtalmoscope, grimpe l'échelle en essayant de dominer le vertige dont j'ai préféré ne pas leur parler. Le souffle court, j'effectue mes réglages, envahie par une odeur que je ne connais pas, mélange de vase et de grenier chaud, qui peu à peu compose un parfum homogène. La tête ne me tourne plus. Je ne ressens plus le vertige, la tentation de regarder en bas. Une tranquillité totale s'empare de moi, décuplant ma précision, mon attention tandis que je me positionne contre l'œil gauche. Et j'effectue l'examen selon la procédure normale, m'efforçant d'oublier qu'il s'agit d'une peinture.

A la lumière de l'ophtalmoscope, la pupille s'éclaire. Reflet sur le cercle externe, diffusion, relief en creux... J'écarte ma tête, cligne des paupières, reviens dans l'objectif, essayant de maîtriser ma respiration, de ralentir mon cœur. Ce que je suis en train d'observer est impossible sur une surface plane, qui plus est opaque. Les yeux sont vivants. Je ne rêve pas : l'iris se contracte. Si je projette la lumière sur le segment arrière, je le vois briller davantage, mais moins que la pupille. Et ça ne suffit pas à expliquer l'impression de profondeur. Ni les mouvements qui se produisent d'un instant à l'autre.

Je pourrais invoquer toutes les raisons du monde : la fatigue, la nourriture, l'état émotionnel, l'impa-

tience de ceux d'en bas qui attendent que j'aie fini...
De toute manière la sensation de contraction est trop
subjective, trop dépendante de ma propre vision pour
que je sois en droit d'en tirer la moindre conclusion.
En revanche le phénomène que je viens de découvrir,
en déplaçant l'ophtalmoscope d'un millimètre vers le
bord de la paupière inférieure, devrait me faire tomber de l'échelle. Et je reste calme. Et je demande
qu'on me passe mes loupes et mon biomicroscope, et
je vérifie sa présence dans l'œil droit, et je constate
que ce n'est ni une irrégularité de la toile, ni une
conséquence de la trame lâche, ni un effet d'empâte-
ment dû à un pinceau.

En quatre endroits j'ai constaté, et chaque nouvelle
observation me le confirme, des signes parfaitement
nets de microcirculation artérielle.

Au secours ! Ne l'écoute pas, ne te fie pas au fax qu'elle t'envoie, elle se trompe, Damiano, elle est sous l'influence de l'agrandisseur de photos parce qu'il est tombé amoureux d'un homme sur une montagne russe, alors elle voit ce qu'il voit, ne la crois pas, je t'en supplie, oublie-la, change-la, il est encore temps de m'expédier un nouvel expert qui n'écoutera que sa raison et qui saura ne rien voir, pardonne-moi, Damiano, c'est moi qui t'ai orienté vers elle à cause de son combat contre les miracles de Lourdes, c'est moi qui ai attiré ton attention sur le journal qui parlait d'elle — ou bien c'est le hasard et nos esprits ont suivi des chemins parallèles sans se concerter — mais quelle importance maintenant, ce qui compte c'est que tu trouves une autre personne, vite, dès que tu auras pris connaissance du fax qui s'imprime derrière toi sur la console en verre, allez tourne-toi, lis et réagis, petit homme, je t'en conjure...

Ecoute-moi... Cardinal Damiano Fabiani, vice-doyen du Sacré Collège, conservateur du fonds réservé de la Bibliothèque vaticane et avocat du diable, c'est à toi que je parle, moi ton obsession, ta dernière lutte, ton chant du cygne et ta vengeance finale, entends-moi ! Ne t'endors pas sur ton assiette de pâtes au cœur de ton antre en béton plombé six

175

mètres sous terre, je sais bien qu'il n'y a plus d'heures pour toi quand tu règnes au cœur de ton blindage sur la mémoire de l'humanité, mais ce n'est pas le moment de relâcher tes efforts — ou plutôt si, endors-toi, si ton esprit n'est plus capable de me rejoindre lorsque tu pries. Tu es vieux, Damiano, tu n'en peux plus, tu es trop seul et trop lourd des secrets que tu portes, les autres témoins sont morts les uns après les autres et tu vas les rejoindre bientôt, nous le savons, tous les deux, nous savons très bien pourquoi le successeur de Jean-Paul Ier t'a confié ce poste aussi prestigieux qu'ignoré du public, ce poste qui ne figure pas sur l'annuaire du Vatican, ce poste réfrigéré qui ronge tes poumons à chaque inspiration, ce poste qui aurait dû t'être fatal depuis vingt ans déjà — tu vas mourir, Damiano Fabiani, tu vas pouvoir mourir parce que tu es sur le point de réussir ta vengeance, tu vas empêcher le souverain pontife de me proclamer saint, et le jeu des alliances du prochain conclave en sera bouleversé ; les cardinaux réactionnaires à qui tu as promis que l'auréole ne se poserait pas sur la tête d'un Indien voteront du coup pour ton candidat, tu auras accompli sans qu'ils t'aient vu venir la volonté de ton ami Jean-Paul Ier, le nouveau Saint-Père sera un vrai réformateur, un pauvre d'entre les pauvres, et tu les emmerderas tous du haut des Cieux, comme tu dis, si tu y arrives, je suis mal placé pour te donner des assurances, mais entends-moi, Damiano, ne t'arrête pas si près du but.

Voilà, tu glisses dans le sommeil et ma pensée se dilate en toi, je sens que tu me perçois. Il faut d'urgence que tu récuses le Dr Nathalie Krentz et que tu missionnes un autre ophtalmologue. Pourquoi pas le Pr Manneville, le patron de sa clinique ? Ils ont des rapports très tendus, à ce que j'ai cru comprendre, et il sera certainement ravi d'aller à l'encontre de ses conclusions, tu ne crois pas ? Avec un peu de chance, il sera raciste et partagera l'aversion qu'un bon tiers de la Curie romaine nourrit à mon égard. Qu'en penses-tu, Damiano ? Tu es d'accord ?

Un bourdonnement sourd le fait sursauter. Quelqu'un demande audience. Il frissonne, se déclenche une quinte de toux, repousse la Bible de Gutenberg aux caractères gothiques, le plus vieux livre du monde — un fac-similé dont l'original se trouve scellé à jamais dans l'un des coffres en acier dépoli encastrés dans les murs. Il cherche à tâtons la commande de l'écran à sa gauche. La tête démesurément grossie du cardinal Solendate apparaît vue d'en haut. Il appuie sur un autre bouton pour ordonner aux gardes suisses de faire patienter cinq minutes à la surface le préfet de la Congrégation des rites.

Mais non, Damiano, ne perds pas de temps avec cet aigri morose qui déteint sur toi, ce faux compagnon de route qui te fait trébucher depuis le séminaire. Tourne-toi, vois le fax tombé dans le panier, lis-le, médite, souviens-toi du bref sommeil qui t'a porté conseil... Ne dilue pas ton énergie dans des querelles de chapelles avec cette figure de carême qui à chaque fois réveille ton ulcère !

Ça y est, tu as découvert le fax. Tu t'en saisis, tu mets tes lunettes et tu lis.

Je soussignée Nathalie Krentz, docteur en médecine, certifie, suite à l'examen ophtalmoscopique pratiqué ce jour, que les yeux imprimés sur l'étoffe dite « *tilma* de Juan Diego » présentent, outre les reflets conformes à la loi de Purkinje-Samson, des traces de microcirculation artérielle.

En conséquence, je me déclare dans l'incapacité d'affirmer que la reproduction parfaitement réaliste de ces phénomènes oculaires ait pu être l'œuvre d'un artiste peintre, quelle que soit son époque. La distorsion des images correspondant à la courbure de la cornée, telle qu'on pourrait la constater au moyen du même ophtalmoscope chez une personne vivante, rend cette observation inexplicable sur une surface plane, en l'état actuel de la science et dans les limites de ma spécialité.

Pour valoir ce que de droit.

Damiano replie ses lunettes, sourit, froisse la feuille et la jette dans le conduit du broyeur. C'est tout l'effet que ça lui fait... Mon Dieu, mais comment fonctionnent ces cardinaux ? Déjà Mgr Zumarraga était un mystère pour moi de mon vivant, avec cette façon de me séquestrer pour aider à la libération de mon peuple, et on ne peut pas dire que mes rapports avec le haut clergé aient évolué en quatre siècles.

Fabiani prend son assiette de pâtes, va ouvrir l'un des casiers de métal, actionne le monte-plats, rajuste sur ses épaules le plaid en laine qui lui permet de supporter la température constante de dix-huit degrés, et arpente la salle des coffres, les mains dans le dos, le front en avant, les yeux fixant les joints du marbre. Il pense, comme chaque fois que nous sommes ensemble, aux dix jours de bonheur qu'il a connus sur terre, cet été 1978 où, deux semaines après son élection, Jean-Paul Ier l'avait convoqué, simple évêque secrétaire de la Préfecture aux Affaires économiques, pour lui confier l'enquête financière sur la Banque du Vatican.

Chaque nuit, assis dans le bureau que Mgr Marcinkus occupait le jour, Damiano épluchait les comptes, découvrait les escroqueries, les faux en écriture, les blanchiments et les évasions organisées vers ce qu'ils appellent des paradis fiscaux. Et chaque matin à cinq heures moins le quart, au réveil du pape, il montait lui faire son rapport autour d'une tasse de café. La confiance du Saint-Père et leur volonté commune de réformer le Vatican en profondeur, de lui faire abandonner la pompe inutile, la spéculation boursière, les liens officieux avec la Mafia et l'hypocrisie officielle donnaient l'illusion aux deux montagnards natifs de Vénétie qu'il était encore possible de restaurer l'esprit de l'Evangile et de chasser les marchands du temple.

Jusqu'au onzième jour où l'évêque Fabiani découvrit, à cinq heures moins le quart, le pape assis dans son lit, empoisonné. Il alerta aussitôt le cardinal secrétaire d'Etat, lequel commença par lui imposer un vœu de silence, déroba sous ses yeux le médicament contre la tension basse posé sur la table de chevet, confisqua le testament du pontife, vida ses tiroirs de toutes les notes relatives aux décisions historiques qu'il allait annoncer, et fit pratiquer l'embaumement pour éviter l'autopsie. Aux yeux du monde entier, le pape qui avait régné trente-trois jours serait décédé d'un infarctus causé par le poids de ses fonctions, lui qui se portait comme un charme et voulait révolutionner l'Eglise pour la remettre dans les pas du Christ. Le caractère et les intentions de Jean-Paul Ier furent maquillés, réduits à néant en quelques heures. Ne resta plus qu'un idiot timide et sans culture, un benêt inoffensif dépassé par le rôle que lui avait assigné le ciel, et auquel Damiano Fabiani associe toujours mon image, ce qui me touche infiniment.

Pour s'assurer de son silence, l'occuper et le couper du monde, le secrétaire d'Etat confirmé dans ses fonctions s'arrangea pour que le nouveau pape donne au témoin gênant le chapeau de cardinal et la responsabilité de la Riserva, ce coffre-fort souterrain de sept cents mètres carrés conçu pour protéger de la pollution romaine comme d'une éventuelle explosion nucléaire la mémoire de l'humanité : trois cent mille manuscrits et les archives secrètes du Vatican.

Je ne sais pas ce qui est vrai ou non dans les souvenirs de Fabiani, ce que sa fidélité ressassante occulte ou magnifie, mais l'un des regrets de ma survie est que le pape des pauvres, comme il se dénommait, n'ait pas eu l'occasion de penser à moi. Aurais-je pu l'avertir de ce qui se tramait contre lui, s'il avait trouvé le temps, pendant ses quatre semaines au Vatican, d'examiner la requête en béatification de l'archevêque de Mexico qui dormait dans les dossiers de Paul VI, aurais-je pu lui sauver la vie comme je l'ai peut-être fait pour Nathalie Krentz au rayon literie d'El Nuevo Mundo ?

Mais là, en cet instant, je veux que tu oublies le 29 septembre 1978, Damiano, je veux que tu reviennes aujourd'hui, en ce mois de mars 2000, que tu prennes ta décision et profites de la visite du préfet qui dirige mon procès pour l'informer de la nomination de ton nouvel expert. Concentre-toi, je t'en prie. Ramène-moi à toi, j'ai l'impression de me déliter parmi tes souvenirs... Oublie ce voyou de Marcinkus rétabli à la tête de la Banque vaticane et couvert d'honneurs par Jean-Paul II, oublie ta mise sous scellés camouflée en promotion, oublie ta haine recuite envers Luigi Solendate qui t'évita la mort jadis en répondant de ton silence, oublie le passé pour te consacrer à mon avenir.

Retrouve ta compassion pour moi, Damiano, je t'en supplie... Je suis malheureux. J'ai peur. J'ai cru si fort en Nathalie et me voilà de nouveau seul avec toi qui me négliges. J'ai l'impression que tu as d'autres projets, que tu changes de stratégie, que je te concerne moins, que notre lien se distend, que je vais m'effacer de ton esprit... Que faut-il faire pour que tu me réentendes, pour que la Providence nous accorde comme avant ? Dois-je me repentir encore ? Toucher ton cœur momifié par un acte de contrition, un de plus ? Je sais bien que je vis l'enfer que je mérite. Mon désir le plus cher, le vœu dominant de mon existence, a été exaucé : que jamais rien ne change autour de moi. Je sais bien que la Vierge a compensé l'absence de ma femme en me donnant pendant dix-sept ans le meilleur remède contre la solitude, le temps qui passe et les émotions qui s'oublient : revivre inlassablement par la grâce du récit, dans l'exaltation égoïste et l'intérêt général, le moment crucial d'une vie. Elle m'avait prévenu, sur le rocher de Tepeyac : « Tu seras récompensé du service que tu me rends. » Et c'est vrai que répéter chaque jour pour de nouveaux inconnus les apparitions de la colline et le miracle des roses me donnait l'illusion d'être invulnérable parce que je me sentais utile, et c'était si doux. J'ignorais que sa faveur déborderait le cadre de mon incarnation. Ce vœu de figer les heures, de remonter le temps, de vivre en arrière était-il donc plus fort que celui de retrouver ma femme dans l'au-delà ? On devrait toujours se méfier de ce qu'on désire, même inconsciemment : la vie épouse parfois nos rêves secrets pour le meilleur ou pour le pire, et la mort alors confirme le choix.

Un voyant lumineux clignote au-dessus de la paroi blindée. Damiano se rassied, presse du pied le bouton qui ouvre la porte coulissante de l'ascenseur privé. Droit comme un cierge dans sa soutane à liseré, la grosse croix pectorale pendant comme un aide-mémoire au-dessus de sa ceinture rouge, et sa longue tête de cheval sombre n'exprimant d'autre souffrance que la difficulté de durer, le cardinal Solendate entre dans la salle des coffres.

— Vous me semblez en meilleure forme que le mois dernier, monseigneur, déclare-t-il avec l'humilité condescendante qui lui tient lieu de politesse.

— C'est à vous sans doute que je le dois, Eminence, réplique Fabiani en croisant les doigts sous son menton. Si vous ne m'aviez pas proposé une mission au Mexique, je n'aurais pas eu d'autre occasion de sortir de ma tombe.

— Votre tombe ! sourit le préfet d'un air de reproche indulgent. Quel mot réducteur, monseigneur, pour un privilège que toute la Curie vous envie. Vous êtes le plus précieux d'entre nous, au regard de la postérité.

— Et le plus inutile au quotidien, précise le conservateur. Les techniciens scannent au-dessus de ma tête les plus vieux manuscrits du monde, et viennent ensuite sceller dans mes coffres les originaux qui n'en sortiront plus. Je signe un reçu et je valide un code informatique que j'ignore. Ce n'est pas un privilège, c'est un crève-cœur.

— Allons, Eminence... Quelle exaltation ce doit être, pour un bibliophile comme vous, de cohabiter avec ces trésors... Le *Codex benedictus*, la Première Epître de saint Pierre, *La Divine Comédie* calligraphiée par Boccace, les dessins de Vinci, le premier manuscrit du *Roman de la Rose*...

— J'étais un amoureux des livres et je suis le gardien d'une morgue. Quel est le but de votre venue, Luigi ?

Le préfet de la Congrégation des rites pose les yeux sur l'endroit où devrait se trouver un fauteuil de visiteur. Le bourdonnement de l'air conditionné ponctue son silence, qui relève moins de l'embarras qu'il éprouve que du mystère qu'il entretient. Ces vieux m'exaspèrent, avec leur fiel confit dans les mielleries protocolaires.

— Une nouvelle attristante pour nous, monseigneur, finit par laisser tomber l'homme de la surface. Le décret fixant la retraite des cardinaux à soixante-dix ans vient d'être signé par le Très Saint Père. Il entre en vigueur le mois prochain.

— Quelle était l'urgence ? articule Fabiani d'un ton neutre.

— Nommer trente-huit nouveaux cardinaux inféodés pour former un conclave susceptible de voter dans le sens souhaité par Sa Sainteté, pourquoi ?

Mon avocat du diable détourne le regard vers les parois d'acier nu, pour digérer la nouvelle qui ruine tous ses projets. L'autre enchaîne, les mains en coquille à hauteur du nombril :

— Au bout du compte, le Très Saint Père se sera peut-être davantage joué de nous que nous ne l'aurons manipulé.

— Vous êtes mal placé pour vous plaindre, surtout devant moi. Vous vouliez le retour en arrière : vous l'avez. Vous accusiez la modernité d'être la cause de tous les maux de l'Eglise : ce sont les traditionalistes qui vous mettent sur la touche. Le Très Saint Père aime tout le monde, sauf les marionnettes qui tirent ses ficelles.

Je ne comprends pas leurs allusions. Pour moi le second Jean-Paul est aussi admirable que le premier, si charismatique, si courageux, si émouvant dans son mélange d'épuisement physique et d'énergie spirituelle. Peut-être qu'ils ont raison, tous, finalement : je ne suis qu'un naïf. Mais pourquoi serait-ce un tort ?

— Quoi qu'il en soit, reprend Solendate, il y a toujours un moyen d'empêcher l'application de la mesure.

— Je vous écoute.

— Le décès du Très Saint Père annule automatiquement toutes les dispositions en cours.

— Vous n'allez tout de même pas assassiner un second pape dans le but de pouvoir élire son successeur avant d'être frappé par la limite d'âge ?

Un rictus déforme le visage de Solendate, qui en un instant perd sa hauteur, son mépris, sa contenance.

— Dieu vous pardonne vos insinuations, Fabiani ! Je vous rappelais simplement que le Sacré Collège doit se réunir pour prendre acte du décret. C'est purement formel, mais nous pouvons très bien nous arranger pour que le quorum ne soit jamais atteint d'ici la mort du souverain pontife.

— Et vous considérez comme une victoire le fait de n'avoir plus d'autre pouvoir à exercer que celui de l'absentéisme ?

Les deux retraités en puissance se dévisagent. Dans leur regard immobile passe toute une vie d'intrigues de couloirs, de doubles jeux nécessaires et d'ambitions personnelles au service de Dieu.

— Vous savez à quoi je pense, Luigi ?

La tête du grand cardinal pivote au ralenti vers le faux jour d'opaline qui humanise le blockhaus, entre deux rideaux blancs. Ses lèvres se détachent l'une de l'autre. Il attend, sans relance, sans impatience et sans passion.

— Je pense à la riposte de Mgr Bierens, dans une situation comme la nôtre.

L'homme qui dirige mon procès écarte ses mains, et les laisse retomber sur sa soutane en signe d'impuissance ou d'approbation résignée. Au conclave de 1978, dont les plus de quatre-vingts ans avaient été exclus par le testament de Paul VI, tous les cardinaux, après avoir brûlé selon l'usage leurs bulletins de vote dans le poêle, ont failli mourir asphyxiés par la fumée noire envahissant la chapelle Sixtine. Le cardinal Bierens, préfet de la Maison pontificale, quatre-vingt-deux ans et demi, avait « omis » de faire ramoner le conduit de cheminée.

— Et dire qu'en plus, soupire Luigi Solendate, nous allons offrir au Très Saint Père son dernier triomphe avec la canonisation de Juan Diego...

— Il n'y aura pas de canonisation.

Le préfet objecte, avec un air supérieur empreint de mansuétude :

— Ah bon ? Pourtant votre expert vient de se déclarer inapte à réfuter le miracle.

— Comment le savez-vous ? sursaute Fabiani. Vous interceptez mes fax ?

L'autre joint les doigts avec simplicité.

— Disons qu'une copie m'en est parvenue.

Les mains crispées sur le rebord de sa table, l'avocat du diable jaillit du fauteuil dans l'élan de son indignation :

— Vous avez mis sur écoute ma ligne privée !

— N'abusons pas du sens des mots, Eminence. Pour être privée, votre ligne n'en est pas moins reliée au standard du Vatican, et donc protégée en tant que telle par les services compétents, qui ont l'obligation de référer à la voie hiérarchique.

— Hiérarchique ? D'aucune manière je ne saurais être votre subordonné, Solendate !

— En tant que Promoteur de la foi dans le procès que j'instruis, si : vous l'êtes.

— Vous ne m'avez fait nommer avocat du diable que pour vous brancher sur ma ligne !

— Ne me sous-estimez pas, monseigneur : j'y ai d'autres avantages. Quand vous avez mis sous contrôle mes comptes à la banque Ambrosiano, en 78, je n'ai pas parlé d'abus de pouvoir, ni dévalué vos ambitions à mon encontre.

— J'ai accompli mon devoir dans le seul intérêt de l'Eglise, même si, malheureusement, l'examen de vos comptes ne m'a pas fourni de preuves suffisantes pour vous déclarer complice de Marcinkus !

— Et vous croyez que vos ternes conversations téléphoniques m'ont davantage éclairé ?

Ils se taisent un instant, se mesurent du regard, finissent par se sourire. Pauvre Eglise aux mains de ces vieillards susceptibles qui ne défendent que leurs prérogatives et se tendent des petits pièges en vase clos. Abaisser l'âge de leur retraite ne changera que les têtes, pas les mentalités. Les grands prêtres aztèques de ma jeunesse n'étaient peut-être pas des enfants de chœur, mais au moins ils tuaient pour nourrir le soleil, sur ordre de leurs dieux, avec abnégation et sans arrière-pensées.

— Prévoyez-vous de nommer un nouvel expert ? reprend le préfet sans quitter son sourire suave.

— Non.

— Alors ?

— Alors vous verrez, ajoute aigrement Fabiani en désignant son téléphone-fax. Mais vous pouvez d'ores et déjà réserver une cellule dans votre abbaye de retraite : Juan Diego ne survivra pas à mes conclusions.

— Vous êtes bien sûr de vous.

— Laissez-moi cette grâce.

Le grand cardinal se dirige vers la porte de l'ascenseur, fait volte-face en pointant un index accusateur.

— Vous n'avez pas le droit de me dissimuler une pièce à conviction, Fabiani ! Tout nouvel élément doit être versé à l'instruction dans...

— Ce n'est pas un nouvel élément. Tout le monde avait le nez dessus mais personne ne s'y est intéressé. Vous auriez eu encore beaucoup de choses à apprendre, monseigneur, si l'on vous en avait laissé le temps.

Avec humeur, le préfet lui tourne le dos, cherche un interrupteur sur les parois lisses. Fabiani allonge le pied sous sa table et presse le bouton caché par le tapis. La porte de l'ascenseur coulisse dans un chuintement.

— Profitez bien de votre abri, Damiano, pour les

quelques semaines qui vous restent. Vous n'aurez pas eu l'occasion d'en mesurer l'efficacité.

— Je ne désespère pas.

Le long vieillard rit dans son nez, lèvres closes, puis demande en feignant l'inquiétude :

— Vous croyez qu'un conflit atomique va éclater avant qu'on ne vous remplace ?

— Cela ne dépend que de moi.

— Je pense qu'il était temps de vous décharger de vos responsabilités, Fabiani. Vous devenez sénile.

— C'est à moi de décider la fermeture de la Riserva, Eminence. Guerre ou paix, s'il me prend l'envie de m'enfermer avec la mémoire de l'humanité, personne ne pourra rouvrir cette porte avant cinquante ans, le temps de protéger les manuscrits de toute contamination radioactive.

— Vous plaisantez.

— Vous êtes libre de le croire. Bonne journée, monseigneur.

L'ascenseur se referme et Fabiani renvoie son frère ennemi à la surface, me laissant seul avec lui dans sa crypte blindée, incapable de deviner ses arguments, de dissocier les cachotteries des mensonges, d'apprécier les objectifs réels et le retournement de situation, dans ce combat dont je me suis cru l'enjeu et où je ne suis, pour tout le monde, qu'un prétexte.

J'ai soutenu Kevin jusqu'à sa chambre. L'effort surhumain qu'il avait dû fournir pour prendre une photo de l'œil gauche sans tomber de l'échelle l'avait replongé dans une semi-torpeur qui m'arrangeait. Je ne voulais pas parler de ce que j'avais vu. A personne. L'écrire et l'expédier, tout de suite, pour être en règle avec ma conscience et tenter de l'oublier. Ou de l'admettre. Ou de le nier, avec le temps. Finir par douter de ma raison afin de pouvoir un jour, à nouveau, refuser l'irrationnel.

J'ai rédigé mes conclusions d'une traite, dans les ronflements irréguliers de mon compagnon d'expertise. Son ordinateur a bogué lorsque j'ai voulu envoyer l'e-mail. J'ai réveillé une opératrice. Le mot « Vaticano » est l'un des seuls à pouvoir secouer l'inertie : trente secondes après un chasseur venait chercher le fax, et me rapportait cinq minutes plus tard le rapport d'émission. A Dieu vat, comme disaient les marins quand ils viraient de bord vent debout.

J'hésitais à regagner ma chambre. Le dos de ce grand garçon endormi en travers du lit, bras en croix dans son smoking trop juste, me retenait, sans but et sans désir. J'étais prisonnière et libre, pleine d'élans et vide de sens. A quoi servait que je parte ou que je reste, que je m'allonge contre lui ou que j'aille me finir au minibar ? Je n'étais qu'une pierre de gué dans sa vie, qui lui permettrait de sombrer un peu plus loin. C'est tout. Son genre de déprime ne se guérit qu'au scalpel et il ne sait rien trancher, rien déchirer ; il est incapable de jeter quoi que ce soit, pas même une tortue dans les chiottes pour sauver son ménage. On se ressemble tellement que c'en est pathétique. Si seulement je savais comment changer, et pour qui. Si j'arrivais à formuler clairement une demande... Mais je ne vais pas non plus me mettre à faire des prières à la Vierge, sous prétexte que je viens de confirmer son permis de séjour dans un vieux bout de tissu. Ce n'est pas parce qu'elle *voit* qu'elle existe. Je me comprends. Et j'ai du mérite.

Le gros téléphone grelotte sur la table de chevet. Cette fois j'attends que Williams décroche. Il s'ébroue à la troisième sonnerie, balance la main à tâtons vers le combiné.

— Oui ! lance-t-il d'une voix dissuasive, qui s'adoucit aussitôt. Bonsoir monseigneur, ou bonjour, je ne sais plus quelle heure il est chez vous.

Il a pris ce ton faussement dégagé des gens qui en remettent dans le dynamisme, croyant par là dissimuler qu'on les réveille.

— Parfaitement, j'ai pris les photos sans vitre. Comment ? Non, pas encore... Ah. Oui, c'est possible, bien sûr, je vous rappelle quand j'ai terminé. Mes respects, Votre Eminence. Fait chier, conclut-il en raccrochant.

Il roule au pied du lit, se redresse, gratte son dos et va dans la salle de bains.

— Où j'ai foutu mon appareil ? bougonne-t-il en pissant porte ouverte.

C'est drôle comme le sommeil change un homme. L'aube rosit à peine sur la fenêtre que déjà nous sommes intimes, sans avoir besoin de nous gêner, en ayant fait l'économie de nos corps. Je ramasse sur le tapis l'instrument incroyablement sophistiqué qu'il a laissé tomber en rentrant tout à l'heure. On dirait une sorte de caméra numérique avec une espèce d'entonnoir à filtres à la place du zoom, le tout hérissé de capteurs et d'écrans de contrôle. Je demande, pour couvrir poliment son clapotis dans la cuvette :

— Il est comment, votre cardinal ? Le mien ressemble à l'extraterrestre de Roswell.

Il revient, s'arrête pour me dévisager, me reconnaître et se rappeler ce que nous avons fait ou pas.

— Faut plus que je boive avec ces somnifères, déclare-t-il en branchant la caméra sur un machin non identifié relié à son portable, qui à présent paraît fonctionner sans problèmes.

Quelques effets de souris plus tard, une mosaïque de taches quadrillées apparaît sur l'écran.

— 7-6 ou 6-5 ? se demande-t-il.

Il décide, examine le carré qu'il vient d'isoler, efface la manœuvre, clique sur le carré suivant et entreprend de l'agrandir.

— Bingo ! prononce-t-il, morne.

Sans essayer de décrypter les raisons de son triomphe, je reprends ma mallette et me dirige vers la porte.

— Vous ne voulez pas assister à la réussite de votre mission ?

Je me retourne, sourcils froncés.

— Pas au sens où vous l'espériez, poursuit-il d'un ton absorbé, mais ça reviendra au même. J'ai découvert un quatorzième personnage dans l'œil.

Je reviens vers lui. Il me désigne un amas de taches semblable aux autres, pianote et des couleurs pimpantes révèlent une vague silhouette à cheveux courts et nez busqué.

— Morphing ? hasardé-je.

— Mieux. C'est la dernière génération des micro-densitomètres. Là où la vision humaine détecte au maximum trente-deux nuances de gris, il en distingue jusqu'à deux cent cinquante-six. J'ai fait ma découverte en travaillant sur des photos existantes, mais il fallait que je vérifie en prenant un nouveau cliché de l'original avec le... Vous m'écoutez ?

Mon esprit flotte d'une image à l'autre ; je me retrouve dans l'état où j'étais pendant l'examen sur l'échelle.

— Si vous êtes toujours sceptique, ce n'est pas la peine que j'aille plus loin.

— Je ne sais plus où j'en suis, Kevin. Les yeux sont vivants, je l'ai vu. Ils... Je ne peux pas trouver d'autre mot. Ils me regardaient.

— Bienvenue au club. Je suis passé par là, moi aussi, croyez-moi. Vous vous rappelez Juan Gonzalez, le traducteur indien, à la droite de l'évêque ? J'ai zoomé dans son regard, et voilà qui j'ai trouvé à l'intérieur. Vous le reconnaissez ?

Je fronce les sourcils en m'approchant de l'agrandissement qui occupe l'écran. Je fais non de la tête. Il attrape son classeur à soufflets, me tend deux cartes postales : une sorte de calendrier peint où les Aztèques évoquaient les événements de l'année 1531, et le tableau de Miguel Cabrera qui s'en inspire, représentant deux hommes au long nez aquilin ; le premier très vieux avec un air roublard et un bonnet pointu, le second plus jeune roulant des yeux naïfs en levant les mains au ciel, nu-tête.

— L'oncle et son neveu, présente-t-il en posant un doigt sur chacun.

— Ce n'est pas Juan Diego qui portait un bonnet ?

— Aucun document ne l'atteste. Aucun dessin de l'époque ne permet de l'affirmer. En revanche Juan

Bernardino était surnommé en nahuatl « Celui qui cache ton bien sous son bonnet ».

Il pianote et l'écran affiche le grossissement d'une forme grise à bonnet pointu qui a l'air de secouer un drap, si on y met de la bonne volonté. Un clic et l'image passe en couleurs virtuelles, fond estompé, contours soulignés de noir. Le curseur se fixe sur la tête de l'Indien, l'agrandit.

— Vous voyez le bonnet, docteur Krentz ?

J'acquiesce.

— Nous avons deux certitudes : l'Indien qui montre sa tunique à l'évêque porte un bonnet, et celui que j'ai découvert dans l'œil du traducteur, le quatorzième personnage, n'en porte pas. C'est donc Juan Bernardino qui est le messager de la Vierge, et c'est lui qu'il aurait fallu béatifier.

Je le regarde, sidérée.

— A qui parliez-vous au téléphone, Kevin ?

— Au cardinal Fabiani.

La simplicité avec laquelle il vient de m'avouer sa duplicité me laisse sans prise.

— Vous êtes en train de me dire que nous avons le même commanditaire ? Que vous travaillez en sous-main pour l'avocat du diable ?

Il lève un doigt pour corriger ma formulation :

— Je travaille pour l'exactitude historique, Nathalie, dans le cadre d'un phénomène surnaturel qui n'en est pas pour autant remis en question. Au contraire. Juan Bernardino a vu la Sainte Vierge, lui aussi. C'est à lui qu'elle a donné son nom de « Guadalupe ». Elle l'a guéri de la peste et l'a envoyé chez l'évêque, comme Juan Diego s'était défilé. Rien n'empêche de conclure que c'est l'oncle qui est allé cueillir les roses. En chemin il rencontre son neveu qui revient avec le prêtre pour lui administrer l'extrême-onction, il lui dit : « La Mère de Dieu m'a guéri, allons le dire à l'évêque. » Et vous connaissez la suite. Sauf que, d'après mes agrandissements, c'est sur la *tilma* de Juan Bernardino qu'est venue s'imprimer la Vierge, tandis que Juan Diego regardait la scène à côté, nu-tête, comme nous l'indique son reflet dans l'œil du traducteur.

Il clique d'une image à l'autre, pour que je compare les deux personnages aux couleurs artificielles. Je lui fais remarquer que ce n'est quand même pas très probant.

— Mgr Fabiani ne souhaite pas non plus un élément de réfutation qui soit trop... probant.

— Comment s'y est-il pris pour vous mettre dans sa poche ?

— Comme avec vous, sans doute. Il m'a invité à déjeuner, le mois dernier, il m'a exposé ses craintes, et il a su trouver les mots. J'étais déjà missionné par la Congrégation des rites : il pensait qu'on me laisserait travailler plus librement, en me croyant dans le camp des « pour ». Tandis que vous serviez de bouc émissaire.

— Mais c'est dégueulasse !

Il paraît aussi surpris que moi par ce cri du cœur qui a franchi mes lèvres. Pourquoi ai-je réagi de la sorte, au nom de qui et en vertu de quoi ?

— Il faut comprendre le Vatican, Nathalie. Ils ne peuvent pas canoniser n'importe qui, surtout quand il y a un doute sur son identité. Une erreur éventuelle mettrait en cause pour les siècles futurs la réalité même du miracle. Ce qui importe, c'est la Sainte Vierge imprimée à jamais sur l'étoffe. Pas le nom du porteur.

Je tombe assise sur le lit, désarçonnée par la stratégie qui s'est imbriquée à mon insu.

— Mais pourquoi tous les textes parlent-ils de Juan Diego ? Pourquoi aurait-il menti pendant dix-sept ans ? Et pourquoi l'évêque de Mexico aurait-il accrédité cette imposture ?

Kevin vient s'asseoir à côté de moi, sourit en suivant du doigt une fronce de ma robe, sur mon genou.

— Parce que Juan Bernardino n'était pas vraiment crédible, comme témoin. Il avait roulé quelques marchands de nattes, d'après la rumeur, et puis, guéri ou non, il avait quand même attrapé la peste...

— Il n'aurait pas fait recette ?

— Les pèlerins auraient craint la contagion, sur lui comme sur sa *tilma*. Enfin, ce ne sont que des supputations... Mais de toute manière, il était trop vieux ; il serait mort avant d'être entendu par les enquêteurs de Madrid. Dans tous les cas de figure, Juan Diego était un meilleur choix. Sans vouloir offenser la Vierge, les autorités catholiques de l'époque ont estimé qu'elle avait commis une erreur de casting.

Je reste sans voix. A la fois déçue, trahie dans ma confiance et traversée d'un courant de jubilation que je ne m'explique pas. Il vaut mieux que j'aille dormir.

— Vous ne restez pas ? s'étonne-t-il.

— Pour quoi faire ?

Son geste vague laisse la porte ouverte à toutes les interprétations.

— J'ai l'impression que je vais mieux, depuis que je vous connais.

Je lui réponds que je suis contente pour lui, je reprends mes affaires et je retourne dans ma vie.

Quoi qu'il en soit, tu m'as fait du bien, Nathalie, et je sens que tu n'es plus tout à fait la même. Mon état demeure stationnaire mais ton aventure continue. Prends garde à toi, petite sœur. Je ne suis pas sûr de pouvoir veiller sur toi autant que je le voudrais, maintenant que pour toi je ne suis plus qu'une affaire classée. Un mystère dérangeant, un trouble qui te poursuivra quelque temps encore, je t'en suis reconnaissant. Mais une affaire classée tout de même. Tu as ta vie, j'ai ma mort.

Il faudrait, pour que nous restions liés, que tu me demandes quelque chose. Bien entendu je n'aurai pas les moyens de t'exaucer directement ; tout ce que je pourrai c'est renvoyer l'énergie que tu canalises vers moi, amplifier ton rayonnement, ta confiance en toi-même, comme cela se passe avec ceux qui me prient ; t'aider à comprendre qu'on ne peut vraiment agir sur soi que de son vivant. Ce que moi-même je n'ai pas su faire à temps, et que je paie en nostalgie.

Bien sûr j'ai rempli la mission que la Vierge m'avait confiée : obtenir de l'évêque la construction d'une chapelle. Bien sûr j'ai délivré pendant dix-sept ans le message d'amour qu'elle m'avait transmis : « Je suis votre mère compatissante, la tienne et celle de vous tous qui ne faites qu'un sur cette terre, la mère aimante de toutes les autres souches d'hommes qui m'appellent, me cherchent et se confient à moi. Et en ce lieu j'écouterai leurs pleurs, leur tristesse, pour les soigner, guérir toutes leurs peines, leurs misères, leurs souffrances... » Des centaines et des milliers de fois j'ai répété ces paroles et j'ai vu leur effet ; j'ai servi de médiateur entre le ciel et les hommes et je n'ai plus rien demandé pour moi, tellement j'étais confiant, tellement je croyais que la récompense promise par la Vierge serait de retrouver ma chère femme au Paradis... Je n'ai plus jamais *agi*, pensant que j'aurais l'éternité pour moi — sans m'être douté que l'éternité, c'est l'inaction.

Ne te laisse pas aller, Nathalie. Ne te laisse pas aller au renoncement comme j'ai succombé à l'optimisme. Peut-être que je n'étais pas le but de ton voyage ici. Peut-être qu'*on* te demande autre chose, qu'*on* a besoin de toi pour d'autres raisons que les manœuvres que tu viens de découvrir et qui t'écœurent. Ma douce alliée, qui mieux que moi peut te comprendre ? Tu te sens manipulée comme une marionnette inutile, qui ne servait qu'à faire diversion sur le devant de la scène pendant que l'intrigue se jouait en coulisses. Mais ne t'arrête pas là. Fais quelque chose de ce sentiment. Fais-le pour moi.

Sans doute me suis-je trompé sur ce que je devais attendre de toi. Je pensais que tes œillères me sauveraient, et c'est peut-être en les perdant que tu peux faire mon salut. Si j'arrive à t'aider, si nous acceptons toi et moi l'idée que cette aide est possible, alors peut-être que nous sortirons ensemble de nos impasses.

— Bonjour, c'est Guido Ponzo, je ne vous réveille pas ? Ils m'ont relâché ce matin, je suis en bas à la réception, on peut se voir ?

Je lui demande pourquoi.

— J'ai un message pour vous, Nathalie. Et vous avez quelque chose pour moi. Non ? J'ai appris que l'expertise avait eu lieu hier soir.

Je laisse passer un silence, lui donne rendez-vous au cinquième, sur le balcon du bar, et retourne sous ma douche rincer l'insomnie.

Il m'attend devant une tasse minuscule, explique d'un air rancunier qu'au Mexique, la seule chose qui différencie l'espresso du café américain, c'est la taille du récipient. De plus en plus pâle autour de ses lunettes noires, la chemise froissée et la barbe de la veille, il réprime un tremblement d'impatience pour me demander si j'ai pu lui prélever une fibre. Je prends dans ma poche la mignonnette de tequila que je viens de sortir du minibar pour la vider dans le lavabo. Au fond repose un fil que j'ai tiré du peignoir de l'hôtel. Il regarde la petite bouteille à la lumière, mord ses lèvres, la planque vivement dans son blouson et m'étreint le poignet d'un air chaviré. C'est le plus beau jour de sa vie. Il s'écarte, il s'inquiète, il me dit d'être prudente : ma vie est menacée, à présent. Je lui dis que la sienne aussi, pour lui faire plaisir. Avec un frisson d'excitation assorti d'un geste insouciant, il me répond qu'il a l'habitude, et me demande mon adresse e-mail pour me communiquer les résultats, dès qu'on aura daté mon prélèvement au carbone 14.

Je détourne les yeux. Pourquoi ai-je fait ça ? Pour qu'une voix s'élève encore chez les cartésiens, réfutant le miracle au nom d'une preuve objective ? Produire une fausse pièce à conviction dans l'intérêt de la science. Donner par la tromperie des arguments aux adversaires de l'illusion. Abuser un rationaliste pour que la raison reprenne ses droits... Manipuler un athée comme on l'a fait avec moi, mais dans le but de renforcer sa thèse, moi qui n'ai plus aucune certitude... Le seul moyen que j'aie trouvé pour me raccrocher à la réalité.

— Petit cadeau, en échange, dit Guido Ponzo en désignant avec malice le téléphone mobile qu'il vient de sortir de sa poche.

Il l'allume, s'affaire sur les touches, le monte à son oreille, hoche la tête et me le tend. Un bip résonne, puis j'entends un souffle rauque. Une voix féminine, mal timbrée, inégale, articule des sons en espagnol. Je lui rends son téléphone en lui rappelant que je ne comprends pas la langue. Il tape un code pour repasser le message qu'il me traduit mot à mot, un doigt dans l'oreille droite et le mobile collé contre la gauche.

— « Il n'y a pas de Paradis sans lui. Aide-le, Nathalie, toi qu'il écoute. Dis-lui que Maria Lucia est avec lui depuis sa mort. Tant qu'il décide que nous sommes séparés, il est seul. »

Guido Ponzo éteint l'appareil avec un sourire fin.

— Vous savez qui était Maria Lucia, docteur ?

— Sa femme.

— Voilà. On appelle ça une voix paranormale ; j'en ai plein mon répondeur à Naples. Même ici, vous voyez, sur ce mobile de location dont personne ne connaît le numéro.

Son calme me déconcerte. Son air mutin, fataliste, habitué. Je lui demande, aussi neutre que possible, s'il a également reçu des messages de l'au-delà par Internet.

— Non, non, c'est beaucoup moins pratique, pour eux, l'ordinateur. S'exprimer en langage binaire... Pourquoi se compliquer la mort ? Moi je serais un esprit, j'utiliserais les volts, l'analogique. C'est plus rapide et plus crédible pour eux de fabriquer des sons que de s'introduire dans un logiciel. Non ?

Je le dévisage, attentive, cherchant à savoir s'il a basculé comme moi. Sur la pointe de la voix, je demande :

— *Eux ?*

— Les curés, les agents du Vatican, les marchands d'au-delà, tous ceux qui complotent pour ébranler ma raison. Ils ne me lâchent pas un instant : les voix paranormales, les portes qui claquent, les objets qui changent de place, ma voiture qui s'arrête sans motif et puis qui repart toute seule... Ils m'auront tout fait. A vous aussi, je vois. Je connais cette façon de se recroqueviller en serrant les poings. Tenez bon, Nathalie. Il y a une explication à tout, vous m'entendez ? Je suis avec vous. Et on n'est pas seuls. Des milliers de gens tout autour de la planète luttent avec nous contre les forces de l'obscurantisme, le lobby surnaturel... L'enjeu est gigantesque pour les services secrets du Vatican. Ils pensent que l'Eglise catholique n'a pas d'autre moyen de survivre contre l'Islam. Au mépris de la raison des fidèles et de l'enseignement du Christ ! Ils veulent une armée de croyants manipulés par des miracles, par des fantômes, des ovnis

203

et des médiums ! Ils sont allés jusqu'à flinguer à moitié leur pape un 13 mai, pour rendre vrai le troisième secret de Fatima et le révéler ensuite ! « Un évêque vêtu de blanc tombe comme mort sous les balles d'une arme à feu », voilà ce que la Vierge aurait prophétisé le 13 mai 1917 aux petits bergers du bled qui justement, voyez le symbole, porte le nom de la fille préférée de Mahomet ! Non mais jusqu'où vont-ils se foutre de nous ? Ils ne veulent plus d'autre foi que la crédulité ! Et moi je refuse ! C'est parce que je crois en l'homme que j'ai déclaré la guerre à l'Eglise !

Il s'interrompt, fixe les touristes qui le dévisagent en mâchant d'un air dérangé. Il finit sa tasse, grimace, se lève, me remercie pour mon aide et pour le café, me promet des nouvelles très vite.

Je le regarde s'éloigner sur la terrasse avec une impression d'arrachement, partagée entre le dégoût de moi-même, la honte et la solidarité devant ce juste combat qu'il mène contre rien. Mais, que ce soit pour attaquer les illusions des autres ou pour défendre les siennes, l'essentiel est, peut-être, de lutter. Je ne sais plus. Je ne veux plus rien savoir. Je n'ai même plus la force de douter.

Le Nuevo Mundo est fermé. Je traverse l'esplanade, contournant les sacs de couchage où dorment les manifestants de la veille, entre dans la cathédrale pleine de voyages organisés. Des pancartes jalonnent la nef, qui recommandent en six langues la prudence et déclinent toute responsabilité. Un filet tendu à dix mètres du sol protège les chrétiens des chutes de pierres et de plâtre. Que faire sinon prier malgré moi pour que Juan Diego entende la voix de sa femme, et qu'il me laisse en paix ? Il n'a pas cessé de hanter mes rêves, cette nuit, entre deux plages d'insomnie.

Chaque fois que je m'endormais, je le retrouvais à la même place, debout dans l'œil, tantôt avec son bonnet pointu et tantôt sans ; il m'invitait à le rejoindre et je franchissais les paupières, écartant les cils. *Nathalita, Nathalitzin... Prends garde à toi, petite sœur...* Toujours la même phrase et le même sourire attentif. Mais prendre garde à quoi ? L'idée qu'un au-delà existe, cette consolation qui fait marcher tant de croyants, me coupe toute envie de vivre. Du moins de reprendre le fil que j'ai suivi jusqu'ici. Construire autre chose, oui, mais pour qui, et où ? Je n'ai jamais pensé à moi. Et j'ai perdu le goût de me dévouer. J'ai sacrifié l'homme que j'aimais pour qu'il s'épanouisse, se réalise, et il en est toujours au même point, figé par les scrupules dans lesquels il me conserve. Si Franck et moi avons encore un avenir, un présent possibles, c'est ailleurs, loin de nos milieux, de nos renoncements, de nos routines. Quand je me projette dans mon pays, je me sens aussi étrangère qu'ici, aussi peu à ma place. Combien de temps pourrai-je encore refuser les lois communes, le modèle des autres, les honneurs qu'on m'envie, les responsabilités qui me font peur ? Et à quoi bon durer ? Qui a besoin de moi, là-bas ? Qui a besoin de ce que je suis, des valeurs auxquelles j'ai cru, des regrets que je trimbale, des chimères que je ne poursuis même plus ? La révélation d'hier soir, devant les yeux de la Vierge, n'a rien changé en moi. Toutes les pensées de ce matin étaient déjà dans ma tête, enfouies ; c'est l'inaction qui les fait remonter à la surface, pas la prise de conscience ou le clin d'œil du ciel : l'inaction dont je me suis toujours protégée, parce que dès que je m'arrête, je tombe. La différence c'est que, cette fois, je n'ai plus envie de me relever.

A quoi ressemblerait mon retour ? J'appellerais Franck, je lui raconterais mon expérience comme on partage le récit d'un mauvais rêve, et puis la réalité reprendrait son cours : mes patients, ma maison, ses maîtresses. Avec, pour seules variantes possibles, en ce qui me concerne, déménager, racheter un chien, reprendre un homme. Accepter de diriger la clinique sans me soucier des conséquences sur Franck, assumer les rapports de forces avec les administrateurs et les financiers pour tenter d'imposer mes vues, alterner diplomatie, affrontements, concessions... Je n'ai plus la tentation de dire oui ni le courage de dire non. Je me sens de plus en plus habitée par Juan Diego, en accord avec tout ce que j'ai lu sur lui, ce qu'on m'en a dit et ce que mon sommeil en a fait... Je suis comme lui, quatre siècles plus tôt, devant l'apparition de la Vierge. D'abord on n'y croit pas, ensuite on en prend son parti et on finit par trouver ça normal. La révélation du surnaturel ne change pas la nature de l'être humain : elle l'amplifie, elle l'exalte ou lui enlève son principe actif. Le petit Indien est resté assis dix-sept ans parmi les pèlerins, les idolâtres, enfermé dans le récit de son unique aventure. Que pouvait-il désirer de plus sur terre, après la perte de sa femme, que pouvait-il attendre de mieux ? Il a vécu en arrière, comme je l'ai fait jusqu'à présent tout en allant de l'avant, et maintenant je m'assieds sur un prie-Dieu et j'attends.

Est-ce cette ressemblance, cette identité de vue qui me pèse autant, me laisse figée sans but au bord des larmes, le creux au ventre et le cœur lourd ? Mais le silence en moi demeure le même, celui que j'ai toujours connu, à la synagogue de maman comme dans les églises où, plus tard, j'ai cherché à justifier mon père. Je ressors dans l'état où je suis entrée.

Sur le parvis défoncé par des travaux interrompus, un vieil homme sans jambes ni bras mendie dans un fauteuil roulant, une pancarte « Gracias » accrochée à son cou. Des passants glissent des pièces dans la poche de sa chemise comme dans la fente d'un tronc, se signent en évitant son regard et poursuivent leur chemin. Je reste un moment appuyée à une grille, fascinée par cette scène qui devient de plus en plus improbable à mesure que, le choc passé, on s'y habitue. Comment est-il arrivé là, comment déplace-t-il son fauteuil, comment fait-il pour récupérer les oboles ou empêcher qu'on ne les lui vole ? Son visage n'exprime que l'attention fugitive, l'indifférence polie d'un employé à son guichet.

Quelques minutes plus tard, une camionnette s'arrête devant le parvis. Le chauffeur allume ses feux de détresse, descend ouvrir le hayon, installe un plan incliné et va chercher l'infirme impassible qu'il pousse à bord, sans plus d'émotion que s'il venait vider un parcmètre. Puis il ressort, tenant dans ses bras un enfant qui porte autour du cou une pancarte identique, va l'asseoir par terre à la sortie de la cathédrale, dispose devant ses pieds un bol où sont dessinés des Mickeys, referme son hayon et part continuer sa tournée.

Bouleversée, je m'accroupis devant le petit garçon, qui doit avoir six ou sept ans, lui prends la main. Il répond « gracias », d'une voix douce et neutre. Ses paupières closes sont deux rideaux de chair molle cachant le vide des orbites.

Un policier me siffle, me relève en gueulant que je n'ai pas le droit de rester là. Pourquoi ? J'entrave la circulation, j'empêche la pitié des passants, je perturbe le commerce ? La révolte, l'écœurement me font tourner les talons sans répondre à l'excité qui me désigne le bol du môme d'un air comminatoire. Comment donner de l'argent quand on sait qu'on cautionne cette exploitation ignoble, qu'on engraisse un maquereau d'infirmes... Un tour-opérateur a regardé la scène, tout en attendant son groupe au feu rouge ; il me déclare qu'on ne peut rien faire : des centaines de miséreux sont enlevés chaque année, puis on les retrouve abandonnés dans les rues, énucléés. Le trafic d'organes est en plein essor, au Mexique, et la police n'a ni le temps ni les moyens de le démanteler.

Il soupire puis tape dans ses mains, fait traverser son groupe en direction d'un autre site pittoresque. L'horreur tranquille de ce pays me pétrifie, dans le flot de la circulation, le crépitement des appareils photo. Juan Diego, qui que tu sois, avec ou sans bonnet, toi en qui l'on croit, toi qui as sauvé la vue d'un enfant qui s'était harponné l'œil à la pêche, comment peux-tu permettre ces atrocités ? Comment prétendre à la sainteté quand on exauce une prière sur mille, quand on pratique le miracle comme une action spectaculaire destinée à convaincre ? Comment veux-tu que j'admette l'intervention de la Vierge, si elle prêche l'amour comme on fait la publicité d'un médicament inaccessible aux pauvres ?

J'entre dans un bar, j'en ressors aussitôt. Eglise ou bar, alcool ou prière, c'est la même chose : ça ne sert qu'à baisser les bras, noyer sa conscience et se dispenser d'agir. Pour qu'il existe un tel trafic d'organes, c'est qu'il y a une demande. Le seul moyen d'interrompre le trafic, c'est de supprimer la demande. Si la cornée artificielle existait au Mexique, les gamins des rues ne seraient plus considérés comme des réserves de pièces détachées. Les greffes nécessitées par les dystrophies, le kératocône ou l'herpès épargneraient les donneurs vivants. C'est à nous d'agir, pas au ciel. Ce pays me fait mal mais le mien me fait honte, quand il refuse un progrès médical qui ne dégage pas de bénéfice. A quoi bon vouloir convaincre des murs quand ici on sauverait des mômes ?

Je m'enfonce dans les ruelles autour de la place,

cherchant le silence, l'ombre et la marche à suivre. Je ne peux plus vivre dans ce monde sans rien pouvoir changer. Et je n'attendrai pas l'au-delà pour imprimer ma volonté sur les ordinateurs, les répondeurs et le contenu des rêves. Mais pourquoi cette peur soudaine, cette impression d'urgence, ce sentiment d'échec alors que je suis peut-être en train de reprendre enfin le contrôle de ma vie ?

Des pas résonnent derrière moi, s'interrompent quand je m'arrête. Je me retourne. Personne. Je suis seule dans cette traverse entre deux blocs de maisons condamnées. J'accélère vers la rue perpendiculaire, tourne le coin. C'est une impasse. Au bout, devant moi, un camion manœuvre. Je reviens en arrière, mais deux hommes surgissent d'un renfoncement, se dirigent vers moi. Un troisième descend du camion, les mains dans les poches. Le chauffeur donne des coups d'accélérateur au point mort, couvrant mes appels au secours. Les trois hommes ont sorti des couteaux. Aide-moi, Juan Diego, je t'en supplie, ne me laisse pas mourir pour rien, au moment où j'ai décidé de servir à quelque chose. Tu n'as pas pu m'amener jusque-là, me faire suivre tout ce chemin pour que ça se termine comme ça... Non ! Je tambourine aux portes de l'impasse. Les pas se rapprochent, je reprends ma course, trébuche. Des mains me relèvent. Une lame s'enfonce. Pourquoi ? Que voulais-tu de moi ? Changer ma vie ou me la prendre ?

Je glisse dans la nuit sans réponse.

Je ne sais pas si tu m'entends, Nathalie, si ton état présent facilite ou pas nos échanges. Pour moi c'est beaucoup mieux, mais je ne te sens pas différente. Moins concentrée, moins stressée, bien sûr ; plus confortable, mais en pleine possession de ton âme, et c'est l'essentiel pour moi.

L'annonce de ta disparition a fait beaucoup plus de mal que tu ne l'imaginais, tu vois, beaucoup plus de bien aussi. Dès qu'il a reçu le fax du cardinal Fabiani, ton ami Franck a pris le premier avion pour Mexico. Il fallait qu'il te perde pour comprendre à quel point il tenait à toi. Le père Abrigón l'attendait à l'aéroport, avec un chef de la police qui l'a rassuré en disant que les enlèvements étaient fréquents, mais que presque toujours on retrouvait la personne vivante. Il n'a pas précisé dans quel état.

Ils ont conduit Franck à ton hôtel ; il s'est enfermé dans ta chambre et il a éclaté en sanglots sur ton lit, le nez dans tes affaires. Avec les mêmes pensées que tu avais eues deux jours plus tôt : pourquoi ce gâchis, ce temps perdu, cet amour sacrifié à l'entourage, aux principes, aux scrupules ?

Et puis Kevin Williams est venu frapper à la porte. Il était blême, tiraillé entre l'angoisse et l'exaltation, sous le double effet de la tequila et de la crise mystique. Il a déroulé sur le lit un agrandissement de l'œil, il a montré à Franck les points, les taches, les silhouettes entourées, les couleurs de synthèse. Il lui a dit qu'il venait de découvrir un quinzième personnage dans la cornée, et que c'était toi. Un signe de plus, un message comparable à celui que délivrait le groupe familial ; une mise en garde et un rappel à l'ordre : tu avais disparu du monde réel, aspirée par le regard de la Vierge à laquelle tu n'avais pas voulu croire.

Franck l'a jeté dans le couloir. Il refuse l'irrationnel, à présent, mais c'est par superstition : il épouse tes sentiments pour te ramener à lui, il te laisse déteindre pour augmenter ses chances de te retrouver.

Il est descendu à la réception, il a interrogé tout le monde, il s'est rendu sur tous les lieux où tu étais allée, du quartier de la cathédrale au restaurant face à la prison, des ruines de Calixtlahuaca à la garçonnière de Roberto Cardenas, de la basilique à la colline des apparitions, de mes villages natals au quatrième étage d'El Nuevo Mundo, cherchant à deviner tes humeurs et tes haltes, essayant d'aborder les personnes à qui tu t'étais adressée, mettant ses pas dans les tiens, vos impressions à l'unisson, et c'était bizarre pour moi de me sentir ainsi lié à lui alors qu'il ne pensait qu'à toi.

Ça ne m'était jamais arrivé d'être le trait d'union dans un couple. Et l'histoire d'amour où vous m'avez logé a eu cet effet incroyable dont je ne vous remercierai jamais assez : pour la première fois j'ai perçu la voix de Maria Lucia, j'ai éprouvé sa présence en moi. Peut-être parce que le sentiment de privation dans lequel la mort m'avait enfermé, le refus de mon sort et la certitude d'être seul l'empêchaient de me répondre, de m'aider à comprendre que s'aimer après la vie c'est, comme vous dites, « ne faire qu'un ». J'entends toujours les pèlerins, leurs prières et leurs actions de grâces autour de ma *tilma*, mais, tu vois, je n'en souffre plus ; la force de mon attachement terrestre a cessé de se retourner contre moi. Je revis. Je remeurs. Et je te le dois.

Le deuxième jour, Franck a entrepris la tournée des hôpitaux de la ville, et il a fini par te retrouver au San Cristobal, pavillon B, troisième étage, là où l'ambulance t'avait conduite, inanimée, sans papiers. Et depuis une dizaine d'heures il attend que tu te réveilles, ce qui ne saurait tarder maintenant, je crois : tes souvenirs se reconstituent autour de moi et je vais bientôt céder la place. On ne t'a volé que ton sac ; tes blessures cicatriseront et le traumatisme n'aura fait qu'affermir ta décision en précipitant les choses.

Ce n'est pas que je devine ton avenir, Nathalie, mais j'ai confiance en toi. Je sais où tu veux aller, avec qui et ce que tu feras. Votre vie est ici, maintenant, dans cet hôpital ou dans un autre, dès que tu seras rétablie et que tu feras venir tes amis japonais. Ils expliqueront leur découverte, leur savoir-faire, présenteront leurs résultats et vous demanderez l'agrément des services de santé, pour former les chirurgiens d'ici à la greffe de cornée artificielle.

La tâche sera dure, pour Franck et toi, les obstacles épuisants et la réussite ne vous laissera pas une minute de répit pour penser à moi ; d'ailleurs je ne serai plus utile entre vous et je ne serai plus là. Comme les fils se désagrègent quand ils ont refermé la plaie, le trait d'union disparaîtra.

Je ne sais combien de temps ce monde me retiendra encore. Mais si désormais, en plus des miracles qu'on me prête, je peux contribuer à tisser de nouveaux liens, et voir se reconstituer des bonheurs semblables à celui que j'ai connu de mon vivant, alors je ne refuse plus la prison d'où je vous regarde. Et peut-être même qu'un jour, qui sait ? elle me manquera.

Note de l'auteur

Ce livre est un roman. Si les faits relatés sont conformes aux documents et aux témoignages retenus par l'histoire, leur interprétation n'engage que moi.

Les découvertes scientifiques concernant la *tilma* sont réelles, bien que je les attribue souvent à des personnages fictifs. Quant aux guérisons inexpliquées prêtées à Juan Diego, certaines — notamment celle du jeune pêcheur à l'œil crevé par un hameçon — ont été reconnues officiellement par la médecine.

Au Vatican, lors du procès de canonisation, le cas sur lequel dut statuer la Commission médicale indépendante était celui d'un suicidé revenu à la vie en 1990, après une chute de cinq étages et la constatation de son décès. Le verdict des experts, à l'unanimité, fut qu'« *il ne s'agissait pas d'un miracle, mais de deux miracles simultanés, radios et scanners ayant mis en évidence, avant leur disparition inexplicable, deux lésions mortelles au niveau du crâne et de la colonne vertébrale* ».

Jean-Paul II a finalement canonisé Juan Diego le 31 juillet 2002, malgré l'opposition de plusieurs cardinaux allant jusqu'à affirmer que cet Indien n'avait jamais existé. Certains journalistes, ayant lu *L'Apparition* un an plus tôt, conclurent que le pape avait canonisé un personnage de roman. Je tiens à préciser que, dans ce cas, le romancier n'y est pour rien.

Bibliographie

Les Miracles et autres prodiges, P. François Brune (Philippe Lebaud, Paris, 2000).

Notre-Dame de Guadalupe et son image devant l'histoire et la science, F. B. Bonnet-Eymard (in *CRC* n° 157, septembre 1980).

La Transparence de l'œil, Pr Yves Pouliquen (Odile Jacob, Paris, 1992).

Quetzalcoatl et Guadalupe : la formation de la conscience nationale au Mexique, Jacques Lafaye (Gallimard, Paris, 1974).

Historica (revue éditée par le Centro de estudios guadalupanos à Mexico, sous la direction de Mgr Enrique Salazar : six tomes publiés à ce jour, depuis 1993).

Los Ojos de la Virgen de Guadalupe, Dr J. A. Tonsmann (Diana Editorial, Mexico, 1981).

Documentos guadalupanos, Xavier Noguez (Fundo de Cultura economica, Mexico, 1993).

Treinta y dos milagros guadalupanos historicamente comprobados, Lauro Lopez Beltran (Editorial Tradición, Mexico, 1972).

Las Estrellas del manto de la Virgen de Guadalupe, Dr J. H. Hernandez Illescas et P. Mario Rojas Sanchez (Mendez Oteo, Mexico, 1981).

Genealogía de Juan Diego, Horacio Senties Rodriguez (Editorial Tradición, Mexico, 1998).

Guadalupe, lo que dicen sus ojos, Francisco Anson (Edi-
ciones Rialp, Madrid, 1988).

The Image of Guadalupe, myth or miracle ?, Jody Brant
Smith, (Doubleday and Co, New York, 1983).

*In God's name, an investigation into the murder of Pope
John Paul I*, David Yallop (Bantam Books, Toronto,
1984, publié en français sous le titre *Au nom de Dieu*
par Christian Bourgois éditeur, Paris, 1984 et 1989).

Le *Nican Mopohua* et le « Récit primitif » attribué à
l'interprète Juan Gonzalez ont été traduits du nahuatl en
espagnol par le P. Mario Rojas Sanchez. La version française est celle du P. François Brune, qui m'a aidé dans mes
recherches par son immense culture, sa rigueur scientifique
et sa liberté d'esprit.

Récit

MADAME ET SES FLICS
Albin Michel, 1985
(en collaboration avec Richard Caron)

Théâtre

L'ASTRONOME, prix du Théâtre de l'Académie française.
LE NÈGRE. NOCES DE SABLE. LE PASSE-MURAILLE, comédie musicale (d'après la nouvelle de Marcel Aymé), Molière 97 du meilleur spectacle musical.
A paraître aux éditions Albin Michel.

Composition réalisée par JOUVE

Imprimé en France sur Presse Offset par

BRODARD & TAUPIN

GROUPE CPI

La Flèche (Sarthe).
N° d'imprimeur : 22247 – Dépôt légal Éditeur 43680-03/2004
Édition 3
LIBRAIRIE GÉNÉRALE FRANÇAISE - 43, quai de Grenelle - 75015 Paris.
ISBN : 2 - 253 - 15481 - 4